没後一〇〇年を記念して

目次

一房《ひとふさ》の葡萄《ぶどう》

一房《ひとふさ》の葡萄《ぶどう》

僕《ぼく》は小《ちい》さい時《とき》に絵《え》を描《か》くことが好《す》きでした。僕《ぼく》の通《かよ》っていた学校《がっこう》は横浜《よこはま》の山《やま》の手《て》という所《ところ》にありましたが、そこいらは西洋人《せいようじん》ばかり住《す》んでいる町《まち》で、僕《ぼく》の学校《がっこう》も教師《きょうし》は西洋人《せいようじん》ばかりでした。そしてその学校《がっこう》の行《ゆ》きかえりには、いつでもホテルや西洋人《せいようじん》の会社《かいしゃ》などが、ならんでいる海岸《かいがん》の通《とお》りを通《とお》るのでした。通《とお》りの海添《うみぞ》いに立《た》って見《み》ると、真青《まっさお》な海《うみ》の上《うえ》に軍艦《ぐんかん》だの商船《しょうせん》だのが一《いっ》ぱいならんでいて、煙突《えんとつ》から煙《けむり》の出《で》ているのや、檣《ほばしら》から檣《ほばしら》へ万国旗《ばんこくき》をかけわたしたのやがあって、眼《め》がいたいように綺麗《きれい》でした。僕《ぼく》はよく岸《きし》に立《た》ってその景色《けしき》を見渡《みわた》して、家《いえ》に帰《かえ》ると、覚《おぼ》えているだけを出来《でき》るだけ美《うつく》しく絵《え》に描《か》いて見《み》ようとしました。けれどもあの透《す》きとおるような海《うみ》の藍色《あいいろ》と、白《しろ》い帆前船《ほまえせん》などの水《みず》際《ぎわ》近《ちか》くに塗《ぬ》ってある洋紅色《ようこうしょく》とは、僕《ぼく》の持《も》っている絵具《えのぐ》ではどうしてもうまく出《だ》せませんでした。いくら描《か》いても描《か》いても本当《ほんとう》の景色《けしき》で見《み》るような色《いろ》には描《か》けませんでした。

ふと僕《ぼく》は学校《がっこう》の友達《ともだち》の持《も》っている西洋絵具《せいようえのぐ》を思《おも》い出《だ》しました。その友達《ともだち》は矢《や》張西洋人《はりせいようじん》で、しかも僕《ぼく》より二《ふた》つ位齢《ぐらいとし》が上《うえ》でしたから、身長《せい》は見上《みあ》げるように大《おお》きい子《こ》でした。ジムというその子《こ》の持《も》っている絵具《えのぐ》は舶来《はくらい》の上等《じょうとう》のもので、軽《かる》い木《き》の箱《はこ》の中《なか》に、十二種《じゅうにいろ》の絵具《えのぐ》が、小《ちい》さな墨《すみ》のように四角《しかく》な形《かたち》にかためられて、二列《にれつ》にならんでいました。どの色《いろ》も美《うつく》しかったが、とりわけて藍《あい》と洋紅《ようこう》とは喫驚《びっくり》するほど美《うつく》しいものでした。ジムは僕《ぼく》より身長《せい》が高《たか》いくせに、絵《え》はずっと下手《へた》でした。それでもその絵具《えのぐ》をぬると、下手《へた》な絵《え》さえなんだか見《み》ちがえるように美《うつく》しくなるのです。僕《ぼく》はいつでもそれを羨《うらやま》しいと思《おも》っていました。あんな絵具《えのぐ》さえあれば、僕《ぼく》だって海《うみ》の景色《けしき》を、本当《ほんとう》に海《うみ》に見《み》えるように描《か》いて見《み》せるのになあと、自分《じぶん》の悪《わる》い絵具《えのぐ》を恨《うら》みながら考《かんが》えました。そうしたら、その日《ひ》からジムの絵具《えのぐ》がほしくってほしくってたまらなくなりましたけれども僕《ぼく》はなんだか臆病《おくびょう》になって、パパにもママにも買《か》って下《くだ》さいと願《ねが》う気《き》になれないので、毎日々々《まいにちまいにち》その絵具《えのぐ》のことを心《こころ》の中《なか》で思《おも》いつづけるばかりで幾日《いくにち》か日《ひ》がたちました。

今《いま》ではいつの頃《ころ》だったか覚《おぼ》えてはいませんが、秋《あき》だったのでしょう。葡萄《ぶどう》の実《み》が熟《じゅく》していたのですから。天気《てんき》は冬《ふゆ》が来《く》る前《まえ》の秋《あき》によくあるように、空《そら》の奥《おく》の奥《おく》まで見《み》すかされそうに晴《は》れわたった日《ひ》でした。僕達《ぼくたち》は先生《せんせい》と一緒《いっしょ》に弁当《べんとう》をたべましたが、その楽《たの》しみな弁当《べんとう》の最中《さいちゅう》でも、僕《ぼく》の心《こころ》はなんだか落着《おちつ》かないで、その日《ひ》の空《そら》とはうらはらに暗《くら》かったのです。僕《ぼく》は自分一人《じぶんひとり》で考《かんが》えこんでいました。誰《だれ》かが気《き》がついて見《み》たら、顔《かお》も屹度青《きっとあお》かったかも知《し》れません。僕《ぼく》はジムの絵具《えのぐ》がほしくってほしくってたまらなくなってしまったのです。胸《むね》が痛《いた》むほどほしくなってしまったのです。ジムは僕《ぼく》の胸《むね》の中《なか》で考《かんが》えていることを知《し》っているにちがいないと思《おも》って、そっとその顔《かお》を見《み》ると、ジムはなんにも知《し》らないように、面白《おもしろ》そうに笑《わら》ったりして、わきに坐《すわ》っている生徒《せいと》と話《はなし》をしているのです。でもその笑《わら》っているのが僕《ぼく》のことを知《し》っていて笑《わら》っているようにも思《おも》えるし、何《なに》か話《はなし》をしているのが、「いまに見《み》ろ、あの日本人《にほんじん》が僕《ぼく》の絵具《えのぐ》を取《と》るにちがいないから」といっているようにも思《おも》えるのです。僕《ぼく》はいやな気持《きも》ちになりました。けれども、ジムが僕《ぼく》を疑《うたが》っているように見《み》えれば見《み》えるほど、僕《ぼく》はその絵具《えのぐ》がほしくてならなくなるのです。

僕《ぼく》はかわいい顔《かお》はしていたかも知《し》れないが、体《からだ》も心《こころ》も弱《よわ》い子《こ》でした。その上《うえ》臆病者《おくびょうもの》で、言《い》いたいことも言《い》わずにすますような質《たち》でした。だからあんまり人《ひと》からは、かわいがられなかったし、友達《ともだち》もない方《ほう》でした。昼御飯《ひるごはん》がすむと他《ほか》の子供達《こどもたち》は活潑《かっぱつ》に運動場《うんどうば》に出《で》て走《はし》りまわって遊《あそ》びはじめましたが、僕《ぼく》だけはなおさらその日《ひ》は変《へん》に心《こころ》が沈《しず》んで、一人《ひとり》だけ教場《きょうじょう》にはいっていました。そとが明《あか》るいだけに教場《きょうじょう》の中《なか》は暗《くら》くなって、僕《ぼく》の心《こころ》の中《なか》のようでした。自分《じぶん》の席《せき》に坐《すわ》っていながら、僕《ぼく》の眼《め》は時々《ときどき》ジムの卓《テイブル》の方《ほう》に走《はし》りました。ナイフで色々《いろいろ》ないたずら書《が》きが彫《ほ》りつけてあって、手垢《てあか》で真黒《まっくろ》になっているあの蓋《ふた》を揚《あ》げると、その中《なか》に本《ほん》や雑記帳《ざっきちょう》や石板《せきばん》と一緒《いっしょ》になって、飴《あめ》のような木《き》の色《いろ》の絵具箱《えのぐばこ》があるんだ。そしてその箱《はこ》の中《なか》には小《ちい》さい墨《すみ》のような形《かたち》をした藍《あい》や洋紅《ようこう》の絵具《えのぐ》が……………僕《ぼく》は顔《かお》が赤《あか》くなったような気《き》がして、思《おも》わずそっぽを向《む》いてしまうのです。けれどもすぐ又横眼《またよこめ》でジムの卓《テイブル》の方《ほう》を見《み》ないではいられませんでした。胸《むね》のところがどきどきとして苦《くる》しい程《ほど》でした。じっと坐《すわ》っていながら、夢《ゆめ》で鬼《おに》にでも追《お》いかけられた時《とき》のように気《き》ばかりせかせかしていました。

教場《きょうじょう》に、はいる鐘《かね》がかんかんと鳴《な》りました。僕《ぼく》は思《おも》わずぎょっとして立上《たちあが》りました。生徒達《せいとたち》が大《おお》きな声《こえ》で笑《わら》ったり呶鳴《どな》ったりしながら、洗面所《せんめんじょ》の方《ほう》に手《て》を洗《あら》いに出《で》かけて行《ゆ》くのが窓《まど》から見《み》えました。僕《ぼく》は急《きゅう》に頭《あたま》の中《なか》が氷《こおり》のように冷《つめ》たくなるのを気味悪《きみわる》く思《おも》いながら、ふらふらとジムの卓《テイブル》の所《ところ》に行《い》って、半分《はんぶん》夢《ゆめ》のようにそこの蓋《ふた》を揚《あ》げて見《み》ました。そこには僕《ぼく》が考《かんが》えていたとおり、雑記《ざっき》帳《ちょう》や鉛筆箱《えんぴつばこ》とまじって、見覚《みおぼ》えのある絵具箱《えのぐばこ》がしまってありました。なんのためだか知《し》らないが僕《ぼく》はあっちこちをむやみに見廻《みまわ》してから、手早《てばや》くその箱《はこ》の蓋《ふた》を開《あ》けて藍《あい》と洋紅《ようこう》との二色《ふたいろ》を取上《とりあ》げるが早《はや》いか、ポッケットの中《なか》に押込《おしこ》みました。そして急《いそ》いでいつも整列《せいれつ》して先生《せんせい》を待《ま》っている所《ところ》に走《はし》って行《ゆ》きました。僕《ぼく》達《たち》は若《わか》い女《おんな》の先生《せんせい》に連《つ》れられて教場《きょうじょう》に這入《はい》り銘々《めいめい》の席《せき》に坐《すわ》りました。僕《ぼく》はジムがどんな顔《かお》をしているか見《み》たくってたまらなかったけれども、どうしてもそっちの方《ほう》をふり向《む》くことができませんでした。でも僕《ぼく》のしたことを誰《だれ》も気《き》のついた様子《ようす》がないので、気味《きみ》が悪《わる》いような安心《あんしん》したような心持《こころも》ちでいました。僕《ぼく》の大好《だいす》きな若《わか》い女《おんな》の先生《せんせい》の仰《おっしゃ》ることなんかは耳《みみ》にはいりははいっても、なんのことだかちっともわかりませんでした。先生《せんせい》も時々《ときどき》不思議《ふしぎ》そうに僕《ぼく》の方《ほう》を見《み》ているようでした。

僕《ぼく》は然《しか》し先生《せんせい》の眼《め》を見《み》るのがその日《ひ》に限《かぎ》ってなんだかいやでした。そんな風《ふう》で一時間《いちじかん》がたちました。なんだかみんな耳《みみ》こすりでもしているようだと思《おも》いながら一時間《いちじかん》がたちました。

教場《きょうじょう》を出《で》る鐘《かね》が鳴《な》ったので僕《ぼく》はほっと安心《あんしん》して溜息《ためいき》をつきました。けれども先生《せんせい》が行《い》ってしまうと、僕《ぼく》は僕《ぼく》の級《きゅう》で一番大《いちばんおお》きな、そしてよく出来《でき》る生徒《せいと》に「ちょっとこっちにお出《い》で」と肱《ひじ》の所《ところ》を掴《つか》まれていました。僕《ぼく》の胸《むね》は、宿題《しゅくだい》をなまけたのに先生《せんせい》に名《な》を指《さ》された時《とき》のように、思《おも》わずどきんと震《ふる》えはじめました。けれども僕《ぼく》は出来《でき》るだけ知《し》らない振《ふ》りをしていなければならないと思《おも》って、わざと平気《へいき》な顔《かお》をしたつもりで、仕方《しかた》なしに運動場《うんどうば》の隅《すみ》に連《つ》れて行《ゆ》かれました。

「君《きみ》はジムの絵具《えのぐ》を持《も》っているだろう。ここに出《だ》し給《たま》え」

そういってその生徒《せいと》は僕《ぼく》の前《まえ》に大《おお》きく拡《ひろ》げた手《て》をつき出《だ》しました。そういわれると僕《ぼく》はかえって心《こころ》が落着《おちつ》いて、

「そんなもの、僕持《ぼくも》ってやしない」と、ついでたらめをいってしまいました。そうすると三四人《さんよにん》の友達《ともだち》と一緒《いっしょ》に僕《ぼく》の側《そば》に来《き》ていたジムが、

「僕《ぼく》は昼休《ひるやす》みの前《まえ》にちゃんと絵具箱《えのぐばこ》を調《しら》べておいたんだよ。一《ひと》つも失《な》くなってはいなかったんだよ。そして昼休《ひるやす》みが済《す》んだら二《ふた》つ失《な》くなっていたんだよ。そ

して休《やす》みの時間《じかん》に教場《きょうじょう》にいたのは君《きみ》だけじゃないか」と少《すこ》し言葉《ことば》を震《ふる》わしながら言《い》いかえしました。

　僕《ぼく》はもう駄目《だめ》だと思《おも》うと急《きゅう》に頭《あたま》の中《なか》に血《ち》が流《なが》れこんで来《き》て顔《かお》が真赤《まっか》になったようでした。すると誰《だれ》だったかそこに立《た》っていた一人《ひとり》がいきなり僕《ぼく》のポッケットに手《て》をさし込《こ》もうとしました。僕《ぼく》は一生懸命《いっしょうけんめい》にそうはさせまいとしましたけれども、多勢《たぜい》に無勢《ぶぜい》で迚《とて》も叶《かな》いません。僕《ぼく》のポッケットの中《なか》からは、見《み》る見《み》るマーブル球《だま》（今《いま》のビー球《だま》のことです）や鉛《なまり》のメンコなどと一緒《いっしょ》に、二《ふた》つの絵具《えのぐ》のかたまりが掴《つか》み出《だ》されてしまいました。「それ見《み》ろ」といわんばかりの顔《かお》をして、子供達《こどもたち》は憎《にく》らしそうに僕《ぼく》の顔《かお》を睨《にら》みつけました。僕《ぼく》の体《からだ》はひとりでにぶるぶる震《ふる》えて、眼《め》の前《まえ》が真暗《まっくら》になるようでした。いいお天気《てんき》なのに、みんな休時間《やすみじかん》を面白《おもしろ》そうに遊《あそ》び廻《まわ》っているのに、僕《ぼく》だけは本当《ほんとう》に心《こころ》からしおれてしまいました。あんなことをなぜしてしまったんだろう。取《と》りかえしのつかないことになってしまった。もう僕《ぼく》は駄目《だめ》だ。そんなに思《おも》うと弱虫《よわむし》だった僕《ぼく》は淋《さび》しく悲《かな》しくなって来《き》て、しくしくと泣《な》き出《だ》してしまいました。

「泣《な》いておどかしたって駄目《だめ》だよ」とよく出来《でき》る大《おお》きな子《こ》が馬鹿《ばか》にするような、憎《にく》みきったような声《こえ》で言《い》って、動《うご》くまいとする僕《ぼく》をみんなで寄《よ》ってたかって二《に》階《かい》に引張《ひっぱ》って行《ゆ》こうとしました。僕《ぼく》は出来《でき》るだけ行《ゆ》くまいとしたけれども、とうとう力《ちから》まかせに引《ひ》きずられて、階子段《はしごだん》を登《のぼ》らせられてしまいました。そこに僕《ぼく》の好《す》きな受持《うけも》ちの先生《せんせい》の部屋《へや》があるのです。

やがてその部屋《へや》の戸《と》をジムがノックしました。ノックするとは、はいってもいいかと戸《と》をたたくことなのです。中《なか》からはやさしく「おはいり」という先生《せんせい》の声《こえ》が聞《きこ》えました。僕《ぼく》はその部屋《へや》にはいる時《とき》ほどいやだと思《おも》ったことはまたとありません。

何《なに》か書《か》きものをしていた先生《せんせい》は、どやどやとはいって来《き》た僕達《ぼくたち》を見《み》ると、少《すこ》し驚《おどろ》いたようでした。が、女《おんな》の癖《くせ》に男《おとこ》のように頸《くび》の所《ところ》でぶつりと切《き》った髪《かみ》の毛《け》を右《みぎ》の手《て》で撫《な》であげながら、いつものとおりのやさしい顔《かお》をこちらに向《む》けて、一寸首《ちょっとくび》をかしげただけで何《なん》の御用《ごよう》という風《ふう》をしなさいました。そうするとよく出来《でき》る大《おお》きな子《こ》が前《まえ》に出《で》て、僕《ぼく》がジムの絵具《えのぐ》を取《と》ったことを委《くわ》しく先生《せんせい》に言《い》いつけました。先生《せんせい》は少《すこ》し曇《くも》った顔付《かおつ》きをして真面目《まじめ》にみんなの顔《かお》や、半分泣《はんぶんな》きかかっている僕《ぼく》の顔《かお》を見《み》くらべていなさいましたが、僕《ぼく》に「それは本当《ほんとう》ですか」と聞《き》かれました。本当《ほんとう》なんだけれども、僕《ぼく》がそんないやな奴《やつ》だということを、どうしても僕《ぼく》の好《す》きな先生《せんせい》に知《し》られるのがつらかったのです。だから僕《ぼく》は答《こた》える代《かわ》りに本当《ほんとう》に泣《な》き出《だ》してしまいました。

先生《せんせい》は暫《しばら》く僕《ぼく》を見《み》つめていましたが、やがて生徒達《せいとたち》に向《むか》って静《しず》かに「もういってもようございます」といって、みんなをかえしてしまわれました。生徒達《せいとたち》は少《すこ》し物足《ものた》らなそうにどやどやと下《した》に降《お》りていってしまいました。

先生《せんせい》は少《すこ》しの間《あいだ》なんとも言《い》わずに、僕《ぼく》の方《ほう》も向《む》かずに、自分《じぶん》の手《て》の爪《つめ》を見《み》つめていましたが、やがて静《しず》かに立《た》って来《き》て、僕《ぼく》の肩《かた》の所《ところ》を抱《だ》きすくめるようにして「絵具《えのぐ》はもう返《かえ》しましたか」と小《ちい》さな声《こえ》で仰《おっしゃ》いました。僕《ぼく》は返《かえ》したことをしっかり先生《せんせい》に知《し》ってもらいたいので深々《ふかぶか》と頷《うなず》いて見《み》せました。

「あなたは自分《じぶん》のしたことをいやなことだったと思《おも》っていますか」

もう一度《いちど》そう先生《せんせい》が静《しず》かに仰《おっしゃ》った時《とき》には、僕《ぼく》はもうたまりませんでした。ぶるぶると震《ふる》えてしかたがない唇《くちびる》を、噛《か》みしめても噛《か》みしめても泣声《なきごえ》が出《で》て、眼《め》からは涙《なみだ》がむやみに流《なが》れて来《く》るのです。もう先生《せんせい》に抱《だ》かれたまま死《し》んでしまいたいような心持《こころも》ちになってしまいました。

「あなたはもう泣《な》くんじゃない。よく解《わか》ったらそれでいいから泣《な》くのをやめましょう、ね。次《つ》ぎの時間《じかん》には教場《きょうじょう》に出《で》ないでもよろしいから、私《わたくし》のこのお部屋《へや》にいらっしゃい。静《しず》かにしてここにいらっしゃい。私《わたくし》が教場《きょうじょう》から帰《かえ》るまでここにいらっしゃいよ。いい」と仰《おっしゃ》りながら僕《ぼく》を長椅子《ながいす》に坐《すわ》らせて、その時《とき》また勉強《べんきょう》の鐘《かね》がなったので、机《つくえ》の上《うえ》の書物《しょもつ》を取《と》り上《あ》げて、僕《ぼく》の方《ほう》を見《み》ていられましたが、二階《にかい》の窓《まど》まで高《たか》く這《は》い上《あが》った葡萄蔓《ぶどうづる》から、一房《ひとふさ》の西洋葡萄《せいようぶどう》をもぎって、しくしくと泣《な》きつづけていた僕《ぼく》の膝《ひざ》の上《うえ》にそれをおいて、静《しず》かに部屋《へや》を出《で》て行《ゆ》きなさいました。

一時《いちじ》がやがやとやかましかった生徒達《せいとたち》はみんな教場《きょうじょう》にはいって、急《きゅう》にしんとするほどあたりが静《しず》かになりました。僕《ぼく》は淋《さび》しくって淋《さび》しくってしょうがない程悲《ほどかな》しくなりました。あの位好《くらいす》きな先生《せんせい》を苦《くる》しめたかと思《おも》うと、僕《ぼく》は本当《ほんとう》に悪《わる》いことをしてしまったと思《おも》いました。葡萄《ぶどう》などは迚《とて》も喰《た》べる気《き》になれないで、いつまでも泣《な》いていました。

ふと僕《ぼく》は肩《かた》を軽《かる》くゆすぶられて眼《め》をさましました。僕《ぼく》は先生《せんせい》の部屋《へや》でいつの間《ま》にか泣寝入《なきねい》りをしていたと見《み》えます。少《すこ》し痩《や》せて身長《せい》の高《たか》い先生《せんせい》は、笑顔《えがお》を見《み》せて僕《ぼく》を見《み》おろしていられました。僕《ぼく》は眠《ねむ》ったために気分《きぶん》がよくなって今《いま》まであったことは忘《わす》れてしまって、少《すこ》し恥《はずか》しそうに笑《わら》いかえしながら、慌《あわ》てて膝《ひざ》の上《うえ》から滑《すべ》り落《お》ちそうになっていた葡萄《ぶどう》の房《ふさ》をつまみ上《あ》げましたが、すぐ悲《かな》しいことを思《おも》い出《だ》して、笑《わら》いも何《なに》も引込《ひっこ》んでしまいました。

「そんなに悲《かな》しい顔《かお》をしないでもよろしい。もうみんなは帰《かえ》ってしまいましたから、あなたもお帰《かえ》りなさい。そして明日《あす》はどんなことがあっても学校《がっこう》に来《こ》なければいけませんよ。あなたの顔《かお》を見《み》ないと私《わたくし》は悲《かな》しく思《おも》いますよ。屹度《きっと》ですよ」

そういって先生《せんせい》は僕《ぼく》のカバンの中《なか》にそっと葡萄《ぶどう》の房《ふさ》を入《い》れて下《くだ》さいました。僕《ぼく》はいつものように海岸通《かいがんどお》りを、海《うみ》を眺《なが》めたり船《ふね》を眺《なが》めたりしながら、つまらなく家《いえ》に帰《かえ》りました。そして葡萄《ぶどう》をおいしく喰《た》べてしまいました。

けれども次《つぎ》の日《ひ》が来《く》ると僕《ぼく》は中々学校《なかなかがっこう》に行《ゆ》く気《き》にはなれませんでした。お腹《なか》が痛《いた》くなればいいと思《おも》ったり、頭痛《ずつう》がすればいいと思《おも》ったりしたけれども、その日《ひ》に限《かぎ》って虫歯一本痛《むしばいっぽんいた》みもしないのです。仕方《しかた》なしにいやいやながら家《うち》は出《で》ましたが、ぶらぶらと考《かんが》えながら歩《ある》きました。どうしても学校《がっこう》の門《もん》をはいることは出来《でき》ないように思《おも》われたのです。けれども先生《せんせい》の別《わか》れの時《とき》の言葉《ことば》を思《おも》い出《だ》すと、僕《ぼく》は先生《せんせい》の顔《かお》だけはなんといっても見《み》たくてしかたがありませんでした。僕《ぼく》が行《ゆ》かなかったら先生《せんせい》は屹度悲《きっとかな》しく思《おも》われるに違《ちが》いない。もう一度先生《いちどせんせい》のやさしい眼《め》で見《み》られたい。ただその一事《ひとこと》があるばかりで僕《ぼく》は学校《がっこう》の門《もん》をくぐりました。

そうしたらどうでしょう、先《ま》ず第一《だいいち》に待《ま》ち切《き》っていたようにジムが飛《と》んで来《き》て、僕《ぼく》の手《て》を握《にぎ》ってくれました。そして昨日《きのう》のことなんか忘《わす》れてしまったように、親切《しんせつ》に僕《ぼく》の手《て》をひいて、どぎまぎしている僕《ぼく》を先生《せんせい》の部屋《へや》に連《つ》れて行《ゆ》くのです。僕《ぼく》はなんだか訳《わけ》がわかりませんでした。学校《がっこう》に行《い》ったらみんなが遠《とお》くの方《ほう》から僕《ぼく》を見《み》て「見《み》ろ泥棒《どろぼう》の譃《うそ》つきの日本人《にほんじん》が来《き》た」とでも悪口《わるくち》をいうだろうと思《おも》っていたのに、こんな風《ふう》にされると気味《きみ》が悪《わる》い程《ほど》でした。

二人《ふたり》の足音《あしおと》を聞《き》きつけてか、先生《せんせい》はジムがノックしない前《まえ》に戸《と》を開《あ》けて下《くだ》さいました。二人《ふたり》は部屋《へや》の中《なか》にはいりました。

「ジム、あなたはいい子《こ》、よく私《わたくし》の言《い》ったことがわかってくれましたね。ジムはもうあなたからあやまって貰《もら》わなくってもいいと言《い》っています。二人《ふたり》は今《いま》からいいお友達《ともだち》になればそれでいいんです。二人《ふたり》とも上手《じょうず》に握手《あくしゅ》をなさい。」と先生《せんせい》はにこにこしながら僕達《ぼくたち》を向《む》い合《あわ》せました。僕《ぼく》はでもあんまり勝手《かって》過《す》ぎるようでもじもじしていますと、ジムはぶら下《さ》げている僕《ぼく》の手《て》をいそいそと引《ひっ》張《ぱ》り出《だ》して堅《かた》く握《にぎ》ってくれました。僕《ぼく》はもうなんといってこの嬉《うれ》しさを表《あらわ》せばいいのか分《わか》らないで、唯恥《ただはずか》しく笑《わら》う外《ほか》ありませんでした。ジムも気持《きもち》よさそうに、笑顔《えがお》をしていました。先生《せんせい》はにこにこしながら僕《ぼく》に、

「昨日《きのう》の葡萄《ぶどう》はおいしかったの。」と問《と》われました。僕《ぼく》は顔《かお》を真赤《まっか》にして「ええ」と白状《はくじょう》するより仕方《しかた》がありませんでした。

「そんなら又《また》あげましょうね。」

そういって、先生《せんせい》は真白《まっしろ》なリンネルの着物《きもの》につつまれた体《からだ》を窓《まど》からのび出《だ》させて、葡萄《ぶどう》の一房《ひとふさ》をもぎ取《と》って、真白《まっしろ》い左《ひだり》の手《て》の上《うえ》に粉《こな》のふいた紫色《むらさきいろ》の房《ふさ》を乗《の》せて、細長《ほそなが》い銀色《ぎんいろ》の鋏《はさみ》で真中《まんなか》からぷつりと二《ふた》つに切《き》って、ジムと僕《ぼく》とに下《くだ》さいました。真白《まっしろ》い手《て》の平《ひら》に紫色《むらさきいろ》の葡萄《ぶどう》の粒《つぶ》が重《かさな》って乗《の》っていたその美《うつく》しさを僕《ぼく》は今《いま》でもはっきりと思《おも》い出《だ》すことが出来《でき》ます。

僕《ぼく》はその時《とき》から前《まえ》より少《すこ》しいい子《こ》になり、少《すこ》しはにかみ屋《や》でなくなったようです。

それにしても僕《ぼく》の大好《だいす》きなあのいい先生《せんせい》はどこに行《ゆ》かれたでしょう。もう二《に》度《ど》とは遇《あ》えないと知《し》りながら、僕《ぼく》は今《いま》でもあの先生《せんせい》がいたらなあと思《おも》います。秋《あき》になるといつでも葡萄《ぶどう》の房《ふさ》は紫色《むらさきいろ》に色《いろ》づいて美《うつく》しく粉《こな》をふきますけれども、それを受《う》けた大理石《だいりせき》のような白《しろ》い美《うつく》しい手《て》はどこにも見《み》つかりません。

溺《おぼ》れかけた兄妹《きょうだい》

溺《おぼ》れかけた兄妹《きょうだい》

土用波《どようなみ》という高《たか》い波《なみ》が風《かぜ》もないのに海岸《かいがん》に打寄《うちよ》せる頃《ころ》になると、海水浴《かいすいよく》に来《き》ている都《みやこ》の人《ひと》たちも段々《だんだん》別荘《べっそう》をしめて帰《かえ》ってゆくようになります。今《いま》までは海岸《かいがん》の砂《すな》の上《うえ》にも水《みず》の中《なか》にも、朝《あさ》から晩《ばん》まで、沢山《たくさん》の人《ひと》が集《あつま》って来《き》て、砂山《すなやま》からでも見《み》ていると、あんなに大勢《おおぜい》な人間《にんげん》が一《いっ》たい何所《どこ》から出《で》て来《き》たのだろうと不思議《ふしぎ》に思《おも》えるほどですが、九月《くがつ》にはいってから三日目《みっかめ》になるその日《ひ》には、見《み》わたすかぎり砂浜《すなはま》の何所《どこ》にも人《ひと》っ子一人《こひとり》いませんでした。

私《わたし》の友達《ともだち》のMと私《わたし》と妹《いもうと》とはお名残《なごり》だといって海水浴《かいすいよく》にゆくことにしました。お婆様《ばあさま》が波《なみ》が荒《あら》くなって来《く》るから行《ゆ》かない方《ほう》がよくはないかと仰有《おっしゃ》ったのですけれども、こんなにお天気《てんき》はいいし、風《かぜ》はなしするから大丈夫《だいじょうぶ》だといって仰有《おっしゃ》ることを聞《き》かずに出《で》かけました。

丁度昼少《ちょうどひるすこ》し過《す》ぎで、上天気《じょうてんき》で、空《そら》には雲一《くもひと》つありませんでした。昼間《ひるま》でも草《くさ》の中《なか》にはもう虫《むし》の音《ね》がしていましたが、それでも砂《すな》は熱《あつ》くって、裸足《はだし》だと時々草《ときどきくさ》の上《うえ》に駈《か》け上《あが》らなければいられないほどでした。Mはタオルを頭《あたま》からかぶってどんどん飛《と》んで行《ゆ》きました。私《わたし》は麦稈帽子《むぎわらぼうし》を被《かぶ》った妹《いもうと》の手《て》を引《ひ》いてあとから駈《か》けました。少《すこ》しでも早《はや》く海《うみ》の中《なか》につかりたいので三人《さんにん》は気息《いき》を切《き》って急《いそ》いだのです。

紆波《うねり》といいますね、その波《なみ》がうっていました。ちゃぷりちゃぷりと小《ちい》さな波《なみ》が波打際《なみうちぎわ》でくだけるのではなく、少《すこ》し沖《おき》の方《ほう》に細長《ほそなが》い小山《こやま》のような波《なみ》が出来《でき》て、それが陸《りく》の方《ほう》を向《む》いて段々押寄《だんだんおしよ》せて来《く》ると、やがてその小山《こやま》のてっぺんが尖《とが》って来《き》て、ざぶりと大《おお》きな音《おと》をたてて一度《いちど》に崩《くず》れかかるのです。そうすると暫《しば》らく間《ま》をおいて又《また》あとの波《なみ》が小山《こやま》のように打寄《うちよ》せて来《き》ます。而《そ》して崩《くず》れた波《なみ》はひどい勢《いきお》いで砂《すな》の上《うえ》に這《は》い上《あが》って、そこら中《じゅう》を白《しろ》い泡《あわ》で敷《し》きつめたようにしてしまうのです。三人《さんにん》はそうした波《なみ》の様子《ようす》を見《み》ると少《すこ》し気味悪《きみわる》くも思《おも》いました。けれども折角《せっかく》そこまで来《き》ていながら、そのまま引返《ひきかえ》すのはどうしてもいやでした。で、妹《いもうと》に帽子《ぼうし》を脱《ぬ》がせて、それを砂《すな》の上《うえ》に仰向《あおむ》けにおいて、衣物《きもの》やタオルをその中《なか》に丸《まる》めこむと私達三人《わたしたちさんにん》は手《て》をつなぎ合《あわ》せて水《みず》の中《なか》にはいってゆきました。

「ひきがしどいね」

とMがいいました。本当《ほんとう》にその通《とお》りでした。ひきとは水《みず》が沖《おき》の方《ほう》に退《ひ》いて行《ゆ》く時《とき》の力《ちから》のことです。それがその日《ひ》は大変強《たいへんつよ》いように私達《わたしたち》は思《おも》ったのです。踝《くるぶし》くらいまでより水《みず》の来《こ》ない所《ところ》に立《た》っていても、その水《みず》が退《ひ》いてゆく時《とき》にはまるで急《きゅう》な河《かわ》の流《なが》れのようで、足《あし》の下《した》の砂《すな》がどんどん掘《ほ》れるものですから、うっかりしていると倒《たお》れそうになる位《くらい》でした。その水《みず》の沖《おき》の方《ほう》に動《うご》くのを見《み》ていると眼《め》がふらふらしました。けれどもそれが私達《わたしたち》には面白《おもしろ》くってならなかったのです。足《あし》の裏《うら》をくすむるように砂《すな》が掘《ほ》れて足《あし》がどんどん深《ふか》く埋《うず》まってゆくのがこの上《うえ》なく面白《おもしろ》かったのです。三人《さんにん》は手《て》をつないだまま少《すこ》しずつ深《ふか》い方《ほう》にはいってゆきました。沖《おき》の方《ほう》を向《む》いて立《た》っていると、膝《ひざ》の所《ところ》で足《あし》がくの字《じ》に曲《まが》りそうになります。陸《りく》の方《ほう》を向《む》いていると向脛《むこうずね》にあたる水《みず》が痛《いた》い位《くらい》でした。両《りょう》足《あし》を揃《そろ》えて真直《まっすぐ》に立《た》ったままどっちにも倒《たお》れないのを勝《かち》にして見《み》たり、片足《かたあし》で立《た》ちっこをして見《み》たりして、三人《さんにん》は面白《おもしろ》がって人魚《にんぎょ》のように跳《は》ね廻《まわ》りました。

その中《うち》にMが膝位《ひざぐらい》の深《ふか》さの所《ところ》まで行《い》って見《み》ました。そうすると紆波《うねり》が来《く》る度毎《たびごと》にMは背延《せの》びをしなければならない程《ほど》でした。それがまた面白《おもしろ》そうなので私達《わたしたち》も段々深味《だんだんふかみ》に進《すす》んでゆきました。而《そ》して私達《わたしたち》はとうとう波《なみ》のない時《とき》には腰位《こしぐらい》まで水《みず》につかる程《ほど》の深味《ふかみ》に出《で》てしまいました。そこまで行《ゆ》くと波《なみ》が来《き》たらただ立《た》っていたままでは追付《おっつ》きません。どうしてもふわりと浮《う》き上《あが》らなければ水《みず》を呑《の》ませられてしまうのです。

ふわりと浮上《うきあが》ると私達《わたしたち》は大変高《たいへんたか》い所《ところ》に来《き》たように思《おも》いました。波《なみ》が行《い》ってしまうので地面《じめん》に足《あし》をつけると海岸《かいがん》の方《ほう》を見《み》ても海岸《かいがん》は見《み》えずに波《なみ》の背中《せなか》だけが見《み》えるのでした。その中《うち》にその波《なみ》がざぶんとくだけます。波打際《なみうちぎわ》が一面《いちめん》に白《しろ》くなって、いきなり砂山《すなやま》や妹《いもうと》の帽子《ぼうし》などが手《て》に取《と》るように見《み》えます。それがまたこの上《うえ》なく面白《おもしろ》かったのです。私達三人《わたしたちさんにん》は土用波《どようなみ》があぶないということも何《なに》も忘《わす》れてしまって波越《なみこ》しの遊《あそ》びを続《つづ》けさまにやっていました。

「あら大《おお》きな波《なみ》が来《き》てよ」

と沖《おき》の方《ほう》を見《み》ていた妹《いもうと》が少《すこ》し怖《こわ》そうな声《こえ》でこういきなりいいましたので、私達《わたしたち》も思《おも》わずその方《ほう》を見《み》ると、妹《いもうと》の言葉《ことば》通《どお》りに、これまでのとはかけはなれて大《おお》きな波《なみ》が両手《りょうて》をひろげるような恰好《かっこう》で押寄《おしよ》せて来《く》るのでした。泳《およ》ぎの上《じょう》手《ず》なMも少《すこ》し気味悪《きみわる》そうに陸《りく》の方《ほう》を向《む》いていくらかでも浅《あさ》い所《ところ》まで遁《に》げようとした位《くらい》でした。私達《わたしたち》はいうまでもありません。腰《こし》から上《うえ》をのめるように前《まえ》に出《だ》して、両手《りょうて》を又《また》その前《まえ》に突出《つきだ》して泳《およ》ぐような恰好《かっこう》をしながら歩《ある》こうとしたのですが、何《なに》しろひきがひどいので、足《あし》を上《あ》げることも前《まえ》にやることも思《おも》うようには出来《でき》ません。私達《わたしたち》はまるで夢《ゆめ》の中《なか》で怖《こわ》い奴《やっ》に追《お》いかけられている時《とき》のような気《き》がしました。

後《うしろ》から押寄《おしよ》せて来《く》る波《なみ》は私達《わたしたち》が浅《あさ》い所《ところ》まで行《ゆ》くのを待《ま》っていてはくれません。見《み》る見《み》る大《おお》きく近《ちか》くなって来《き》て、そのてっぺんにはちらりちらりと白《しろ》い泡《あわ》がくだけ始《はじ》めました。Mは後《うしろ》から大声《おおごえ》をあげて、

「そんなにそっちへ行《ゆ》くと駄目《だめ》だよ、波《なみ》がくだけると捲《ま》きこまれるよ。今《いま》の中《うち》に波《なみ》を越《こ》す方《ほう》がいいよ」

といいました。そういわれればそうです。私《わたし》と妹《いもうと》とは立止《たちどま》って仕方《しかた》なく波《なみ》の来《く》るのを待《ま》っていました。高《たか》い波《なみ》が屏風《びょうぶ》を立《た》てつらねたように押寄《おしよ》せて来《き》ました。私達三人《わたしたちさんにん》は丁度具合《ちょうどぐあい》よくくだけない中《うち》に波《なみ》の背《せ》を越《こ》すことが出来《でき》ました。私達《わたしたち》は体《からだ》をもまれるように感《かん》じながらもうまくその大波《おおなみ》をやりすごすことだけは出来《でき》たのでした。三人《さんにん》はようやく安心《あんしん》して泳《およ》ぎながら顔《かお》を見合《みあわ》せてにこにこしました。而《そ》して波《なみ》が行《い》ってしまうと三人《さんにん》ながら泳《およ》ぎをやめてもとのように底《そこ》の砂《すな》の上《うえ》に立《た》とうとしました。

所《ところ》がどうでしょう、私達《わたしたち》は泳《およ》ぎをやめると一《いっ》しょに、三人《さんにん》ながらずぼりと水《みず》の中《なか》に潜《くぐ》ってしまいました。水《みず》の中《なか》に潜《くぐ》っても足《あし》は砂《すな》にはつかないのです。私達《わたしたち》は驚《おどろ》きました。慌《あわ》てました。而《そ》して一生懸命《いっしょうけんめい》にめんかきをして、ようやく水《みず》の上《うえ》に顔《かお》だけ出《だ》すことが出来《でき》ました。その時私達三人《ときわたしたちさんにん》が互《たがい》に見合《みあわ》せた眼《め》といったら、顔《かお》といったらありません。顔《かお》は真青《まっさお》でした。眼《め》は飛《と》び出《だ》しそうに見開《みひら》いていました。今《いま》の波一《なみひと》つでどこか深《ふか》い所《ところ》に流《なが》されたのだということを私達《わたしたち》は云《い》い合《あ》わさないでも知《し》ることが出来《でき》たのです。云《い》い合《あ》わさないでも私《わたし》達《たち》は陸《りく》の方《ほう》を眼《め》がけて泳《およ》げるだけ泳《およ》がなければならないということがわかったのです。

三人《さんにん》は黙《だま》ったままで体《からだ》を横《よこ》にして泳《およ》ぎはじめました。けれども私達《わたしたち》にどれ程《ほど》の力《ちから》があったかを考《かんが》えて見《み》て下《くだ》さい。Mは十四《じゅうし》でした。私《わたし》は十三《じゅうさん》でした。妹《いもうと》は十一《じゅういち》でした。Mは毎年学校《まいねんがっこう》の水泳部《すいえいぶ》に行《い》っていたので、兎《と》に角《かく》あたり前《まえ》に泳《およ》ぐことを知《し》っていましたが、私《わたし》は横《よこ》のし泳《およ》ぎを少《すこ》しと、水《みず》の上《うえ》に仰向《あおむ》けに浮《う》くことを覚《おぼ》えたばかりですし、妹《いもうと》はようやく板《いた》を離《はな》れて二三間《にさんげん》泳《およ》ぐことが出来《でき》るだけなのです。

御覧《ごらん》なさい私達《わたしたち》は見《み》る見《み》る沖《おき》の方《ほう》へ沖《おき》の方《ほう》へと流《なが》されているのです。私《わたし》は頭《あたま》を半分水《はんぶんみず》の中《なか》につけて横《よこ》のしでおよぎながら時々頭《ときどきあたま》を上《あ》げて見《み》ると、その度毎《たびごと》に妹《いもうと》は沖《おき》の方《ほう》へと私《わたし》から離《はな》れてゆき、友達《ともだち》のMはまた岸《きし》の方《ほう》へと私《わたし》から離《はな》れて行《い》って、暫《しば》らくの後《のち》には三人《さんにん》はようやく声《こえ》がとどく位《ぐらい》お互《たがい》に離《はな》ればなれになってしまいました。而《そ》して波《なみ》が来《く》るたんびに私《わたし》は妹《いもうと》を見《み》失《うしな》ったりMを見《み》失《うしな》ったりしました。私《わたし》の顔《かお》が見《み》えると妹《いもうと》は後《うしろ》の方《ほう》からあらん限《かぎ》りの声《こえ》をしぼって

「兄《にい》さん来《き》てよ……もう沈《しず》む……苦《くる》しい」

と呼《よ》びかけるのです。実際妹《じっさいいもうと》は鼻《はな》の所位《ところぐらい》まで水《みず》に沈《しず》みながら声《こえ》を出《だ》そうとするのですから、その度毎《たびごと》に水《みず》を呑《の》むと見《み》えて真蒼《まっさお》な苦《くる》しそうな顔《かお》をして私《わたし》を睨《にら》みつけるように見《み》えます。私《わたし》も前《まえ》に泳《およ》ぎながら心《こころ》は後《うしろ》にばかり引《ひ》かれました。幾度《いくど》も妹《いもうと》のいる方《ほう》へ泳《およ》いで行《い》こうかと思《おも》いました。けれども私《わたし》は悪《わる》

い人間《にんげん》だったと見《み》えて、こうなると自分《じぶん》の命《いのち》が助《たす》かりたかったのです。妹《いもうと》の所《ところ》へ行《ゆ》けば、二人《ふたり》とも一緒《いっしょ》に沖《おき》に流《なが》れて命《いのち》がないのは知《し》れ切《き》っていました。私《わたし》はそれが恐《おそ》ろしかったのです。何《なに》しろ早《はや》く岸《きし》について漁夫《りょうし》にでも助《たす》けに行《い》ってもらう外《ほか》はないと思《おも》いました。今《いま》から思《おも》うとそれはずるい考《かんが》えだったようです。

でも兎《と》に角《かく》そう思《おも》うと私《わたし》はもう後《うしろ》も向《む》かずに無我夢中《むがむちゅう》で岸《きし》の方《ほう》を向《む》いて泳《およ》ぎ出《だ》しました。力《ちから》が無《な》くなりそうになると仰向《あおむけ》に水《みず》の上《うえ》に臥《ね》て暫《しば》らく気息《いき》をつきました。それでも岸《きし》は少《すこ》しずつ近《ちか》づいて来《く》るようでした。一生懸命《いっしょうけんめい》に……………一生懸命《いっしょうけんめい》に………、而《そ》して立泳《たちおよ》ぎのようになって足《あし》を砂《すな》につけて見《み》ようとしたら、またずぶりと頭《あたま》まで潜《くぐ》ってしまいました。私《わたし》は慌《あわ》てました。而《そ》して又一生懸命《またいっしょうけんめい》で泳《およ》ぎ出《だ》しました。

立《た》って見《み》たら水《みず》が膝《ひざ》の所位《ところぐらい》しかない所《ところ》まで泳《およ》いで来《き》ていたのはそれから余《よ》程《ほど》たってのことでした。ほっと安心《あんしん》したと思《おも》うと、もう夢中《むちゅう》で私《わたし》は泣声《なきごえ》を立《た》

てながら、

「助《たす》けてくれえ」

といって砂浜《すなはま》を気狂《きちが》いのように駈《か》けずり廻《まわ》りました。見《み》るとMは遥《はる》かむこうの方《ほう》で私《わたし》と同《おな》じようなことをしています。私《わたし》は駈《か》けずりまわりながらも妹《いもうと》の方《ほう》を見《み》ることを忘《わす》れはしませんでした。波打際《なみうちぎわ》から随分遠《ずいぶんとお》い所《ところ》に、波《なみ》に隠《かく》れたり現《あら》われたりして、可哀《かあい》そうな妹《いもうと》の頭《あたま》だけが見《み》えていました。

浜《はま》には船《ふね》もいません、漁夫《りょうし》もいません。その時《とき》になって私《わたし》は又水《またみず》の中《なか》に飛《と》び込《こ》んで行《ゆ》きたいような心持《こころも》ちになりました。大事《だいじ》な妹《いもうと》を置《お》きっぱなしにして来《き》たのがたまらなく悲《かな》しくなりました。

その時《とき》Mが遥《はる》かむこうから一人《ひとり》の若《わか》い男《おとこ》の袖《そで》を引《ひっ》ぱってこっちに走《はし》って来《き》ました。私《わたし》はそれを見《み》ると何《なに》もかも忘《わす》れてそっちの方《ほう》に駈《か》け出《だ》しました。若《わか》い男《おとこ》というのは、土地《とち》の者《もの》ではありましょうが、漁夫《りょうし》とも見《み》えないような通《とお》りがかりの人《ひと》で、肩《かた》に何《なに》か担《にな》っていました。

「早《はや》く……早《はや》く行《い》って助《たす》けて下《くだ》さい……あすこだ、あすこだ」

私《わたし》は、涙《なみだ》を流《なが》し放題《ほうだい》に流《なが》して、地《ち》だんだをふまないばかりにせき立《た》てて、震《ふる》える手《て》をのばして妹《いもうと》の頭《あたま》がちょっぴり水《みず》の上《うえ》に浮《うか》んでいる方《ほう》を指《さ》しました。

若《わか》い男《おとこ》は私《わたし》の指《さ》す方《ほう》を見定《みさだ》めていましたが、やがて手早《てばや》く担《にな》っていたものを砂《すな》の上《うえ》に卸《おろ》し、帯《おび》をくるくると解《と》いて、衣物《きもの》を一緒《いっしょ》にその上《うえ》におくと、ざぶりと波《なみ》を切《き》って海《うみ》の中《なか》にはいって行《い》ってくれました。

私《わたし》はぶるぶる震《ふる》えて泣《な》きながら、両手《りょうて》の指《ゆび》をそろえて口《くち》の中《なか》へ押《おし》こんで、それをぎゅっと歯《は》でかみしめながら、その男《おとこ》がどんどん沖《おき》の方《ほう》に遠《とお》ざかって行《ゆ》くのを見送《みおく》りました。私《わたし》の足《あし》がどんな所《ところ》に立《た》っているのだか、寒《さむ》いのだか、暑《あつ》いのだか、すこしも私《わたし》には分《わか》りません。手足《てあし》があるのだかないのだかそれも分《わか》りませんでした。

抜手《ぬきて》を切《き》って行《ゆ》く若者《わかもの》の頭《あたま》も段々《だんだん》小《ちい》さくなりまして、妹《いもうと》との距《へだ》たりが見《み》る見《み》る近《ちか》よって行《ゆ》きました。若者《わかもの》の身《み》のまわりには白《しろ》い泡《あわ》がきらきらと光《ひか》って、水《みず》を切《き》った手《て》が濡《ぬ》れたまま飛魚《とびうお》が飛《と》ぶように海《うみ》の上《うえ》に現《あら》われたり隠《かく》れたりします。私《わたし》はそんなことを一生懸命《いっしょうけんめい》に見《み》つめていました。

とうとう若者《わかもの》の頭《あたま》と妹《いもうと》の頭《あたま》とが一《ひと》つになりました。私《わたし》は思《おも》わず指《ゆび》を口《くち》の中《なか》から放《はな》して、声《こえ》を立《た》てながら水《みず》の中《なか》にはいってゆきました。けれども二人《ふたり》がこっちに来《く》るののおそいことおそいこと。私《わたし》はまた何《なん》の訳《わけ》もなく砂《すな》の方《ほう》に飛《と》び上《あが》りました。而《そ》して又海《またうみ》の中《なか》にはいって行《ゆ》きました。如何《どう》してもじっとして待《ま》っていることが出来《でき》ないのです。

妹《いもうと》の頭《あたま》は幾度《いくど》も水《みず》の中《なか》に沈《しず》みました。時《とき》には沈《しず》み切《き》りに沈《しず》んだのかと思《おも》う程長《ほどなが》く現《あら》われて来《き》ませんでした。若者《わかもの》も如何《どう》かすると水《みず》の上《うえ》には見《み》えなくなりました。そうかと思《おも》うと、ぽこんと跳《は》ね上《あが》るように高《たか》く水《みず》の上《うえ》に現《あら》われ出《で》ました。何《な》んだか曲泳《きょくおよ》ぎでもしているのではないかと思《おも》われる程《ほど》でした。それでもそんなことをしている中《うち》に、二人《ふたり》は段々岸近《だんだんきしちか》くなって来《き》て、とうとうその顔《かお》までがはっきり見《み》える位《くらい》になりました。が、そこいらは打寄《うちよ》せる波《なみ》が崩《くず》れるところなので、二人《ふたり》はもろともに幾度《いくど》も白《しろ》い泡《あわ》の渦巻《うずまき》の中《なか》に姿《すがた》を隠《かく》しました。やがて若者《わかもの》は這《は》うようにして波打際《なみうちぎわ》にたどりつきました。妹《いもうと》はそんな浅《あさ》みに来《き》ても若者《わかもの》におぶさりかかっていました。私《わたし》は有頂天《うちょうてん》になってそこまで飛《と》んで行《ゆ》きました。

飛《と》んで行《い》って見《み》て驚《おどろ》いたのは若者《わかもの》の姿《すがた》でした。せわしく深《ふか》く気息《いき》をついて、体《からだ》はつかれ切《き》ったようにゆるんでへたへたになっていました。妹《いもうと》は私《わたし》が近《ちか》づいたのを見《み》ると夢中《むちゅう》で飛《と》んで来《き》ましたがふっと思《おも》いかえしたように私《わたし》をよけて砂山《すなやま》の方《ほう》を向《む》いて駈《か》け出《だ》しました。その時《とき》私《わたし》は妹《いもうと》が私《わたし》を恨《うら》んでいるのだなと気《き》がついて、それは無理《むり》のないことだと思《おも》うと、この上《うえ》なく淋《さび》しい気持《きも》ちになりました。

それにしても友達《ともだち》のMは何所《どこ》に行《い》ってしまったのだろうと思《おも》って、私《わたし》は若者《わかもの》のそばに立《た》ちながらあたりを見廻《みまわ》すと、遥《はる》かな砂山《すなやま》の所《ところ》をお婆様《ばあさま》を助《たす》けながら駈《か》け下《お》りて来《く》るのでした。妹《いもうと》は早《はや》くもそれを見付《みつ》けてそっちに行《い》こうとしているのだとわかりました。

それで私《わたし》は少《すこ》し安心《あんしん》して、若者《わかもの》の肩《かた》に手《て》をかけて何《なに》かいおうとすると、若者《わかもの》はうるさそうに私《わたし》の手《て》を払《はら》いのけて、水《みず》の寄《よ》せたり引《ひ》いたりする所《ところ》に坐《すわ》りこんだまま、いやな顔《かお》をして胸《むね》のあたりを撫《な》でまわしています。私《わたし》は何《な》んだか言葉《ことば》をかけるのさえためらわれて黙《だま》ったまま突立《つった》っていました。

「まああなたがこの子《こ》を助《たす》けて下《くだ》さいましたんですね。お礼《れい》の申《もう》しようも御座《ござ》んせん」

すぐそばで気息《いき》せき切《き》ってしみじみと云《い》われるお婆様《ばあさま》の声《こえ》を私《わたし》は聞《き》きました。妹《いもうと》は頭《あたま》からずぶ濡《ぬ》れになったままで泣《な》きじゃくりをしながらお婆様《ばあさま》にぴったり抱《だ》かれていました。

私達三人《わたしたちさんにん》は濡《ぬ》れたままで、衣物《きもの》やタオルを小脇《こわき》に抱《かか》えてお婆様《ばあさま》と一緒《いっしょ》に家《うち》の方《ほう》に帰《かえ》りました。若者《わかもの》はようやく立上《たちあが》って体《からだ》を拭《ふ》いて行《い》ってしまおうとするのをお婆様《ばあさま》がたって頼《たの》んだので、黙《だま》ったまま私達《わたしたち》のあとから跟《つ》いて来《き》ました。

家《うち》に着《つ》くともう妹《いもうと》の為《た》めに床《とこ》がとってありました。妹《いもうと》は寝衣《ねまき》に着《き》かえて臥《ね》かしつけられると、まるで夢中《むちゅう》になってしまって、熱《ねつ》を出《だ》して木《こ》の葉《は》のようにふるえ始《はじ》めました。お婆様《ばあさま》は気丈《きじょう》な方《かた》で甲斐々々《かいがい》しく世話《せわ》をすますと、若《わか》者《もの》に向《むか》って心《こころ》の底《そこ》からお礼《れい》を云《い》われました。若者《わかもの》は挨拶《あいさつ》の言葉《ことば》も得云《えい》わないような人《ひと》で、唯黙《ただだま》ってうなずいてばかりいました。お婆様《ばあさま》はようやくのことでその人《ひと》の住《すま》っている所《ところ》だけを聞《き》き出《だ》すことが出来《でき》ました。若者《わかもの》は麦湯《むぎゆ》を飲《の》みながら、妹《いもうと》の方《ほう》を心配《しんぱい》そうに見《み》てお辞儀《じぎ》を二三度《にさんど》して帰《かえ》って行《い》ってしまいました。

「Mさんが駈《か》けこんで来《き》なすって、お前達《まえたち》のことを云《い》いなすった時《とき》には、私《わたし》は眼《め》がくらむようだったよ。おとうさんやお母《かあ》さんから頼《たの》まれていて、お前達《まえたち》が死《し》にでもしたら、私《わたし》は生《い》きてはいられないから一緒《いっしょ》に死《し》ぬつもりであの砂山《すなやま》をお前《まえ》、Mさんより早《はや》く駈《か》け上《あが》りました。でもあの人《ひと》が通《とお》り合《あわ》せたお蔭《かげ》で助《たす》かりはしたもののこわいことだったねえ、もうもう気《き》をつけておくれでないとほんに困《こま》りますよ」

お婆様《ばあさま》はやがてきっとなって私《わたし》を前《まえ》にすえてこう仰有《おっしゃ》いました。日頃《ひごろ》はやさしいお婆様《ばあさま》でしたが、その時《とき》の言葉《ことば》には私《わたし》は身《み》も心《こころ》もすくんでしまいました。少《すこ》しの間《あいだ》でも自分一人《じぶんひとり》が助《たす》かりたいと思《おも》った私《わたし》は、心《こころ》の中《なか》をそこら中《じゅう》から針《はり》でつかれるようでした。私《わたし》は泣《な》くにも泣《な》かれないでかたくなったままこちんとお婆様《ばあさま》の前《まえ》に下《した》を向《む》いて坐《すわ》りつづけていました。しんしんと暑《あつ》い日《ひ》が縁《えん》の向《むこ》うの砂《すな》に照《て》りつけていました。

若者《わかもの》の所《ところ》へはお婆様《ばあさま》が自分《じぶん》で御礼《おれい》に行《ゆ》かれました。而《そ》して何《なに》か御礼《おれい》の心《こころ》でお婆様《ばあさま》が持《も》って行《い》かれたものをその人《ひと》は何《な》んといっても受取《うけと》らなかったそうです。

それから五六年《ごろくねん》の間《あいだ》はその若者《わかもの》のいる所《ところ》は知《し》れていましたが、今《いま》は何処《どこ》にどうしているのかわかりません。私達《わたしたち》のいいお婆様《ばあさま》はもうこの世《よ》にはおいでになりません。私《わたし》の友達《ともだち》のMは妙《みょう》なことから人《ひと》に殺《ころ》されて死《し》んでしまいました。妹《いもうと》と私《わたし》ばかりが今《いま》でも生《い》き残《のこ》っています。その時《とき》の話《はなし》を妹《いもうと》にするたんびに、あの時《とき》ばかりは兄《にい》さんを心《こころ》から恨《うら》めしく思《おも》ったと妹《いもうと》はいつでもいいます。波《なみ》が高《たか》まると妹《いもうと》の姿《すがた》が見《み》えなくなったその時《とき》の事《こと》を思《おも》うと、今《いま》でも私《わたし》の胸《むね》は動《どう》悸《き》がして、空恐《そらおそ》ろしい気持《きも》ちになります。

碁石《ごいし》を呑《の》んだ八《や》っちゃん

碁石《ごいし》を呑《の》んだ八《や》っちゃん

八《や》っちゃんが黒《くろ》い石《いし》も白《しろ》い石《いし》もみんなひとりで両手《りょうて》でとって、股《もも》の下《した》に入《い》れてしまおうとするから、僕《ぼく》は怒《おこ》ってやったんだ。

「八《や》っちゃんそれは僕《ぼく》んだよ」

といっても、八《や》っちゃんは眼《め》ばかりくりくりさせて、僕《ぼく》の石《いし》までひったくりつづけるから、僕《ぼく》は構《かま》わずに取《と》りかえしてやった。そうしたら八《や》っちゃんが生《なま》意気《いき》に僕《ぼく》の頰《ほっ》ぺたをひっかいた。お母《かあ》さんがいくら八《や》っちゃんは弟《おとうと》だから可《か》愛《あい》がるんだと仰有《おっしゃ》ったって、八《や》っちゃんが頰《ほっ》ぺたをひっかけば僕《ぼく》だって口惜《くや》しいから僕《ぼく》も力《ちから》まかせに八《や》っちゃんの小《ち》っぽけな鼻《はな》の所《ところ》をひっかいてやった。指《ゆび》の先《さ》きが眼《め》にさわった時《とき》には、ひっかきながらもちょっと心配《しんぱい》だった。ひっかいたらすぐ泣《な》くだろうと思《おも》った。そうしたらいい気持《きも》ちだろうと思《おも》ってひっかいてやった。八《や》っちゃんは泣《な》かないで僕《ぼく》にかかって来《き》た。投《な》げ出《だ》していた足《あし》を折《お》りまげて尻《しり》を浮《う》かして、両手《りょうて》をひっかく形《かたち》にして、黙《だま》ったままでかかって来《き》たから、僕《ぼく》はすきをねらってもう一度《いちど》八《や》っちゃんの団子鼻《だんごばな》の所《ところ》をひっかいてやった。そうしたら八《や》っちゃんは暫《しばら》く顔中《かおじゅう》を変《へん》ちくりんにしていたが、いきなり尻《しり》をどんとついて僕《ぼく》の胸《むね》の所《ところ》がどきんとするような大《おお》きな声《こえ》で泣《な》き出《だ》した。

僕《ぼく》はいい気味《きみ》で、もう一《ひと》つ八《や》っちゃんの頬《ほっ》ぺたをなぐりつけておいて、八《や》っちゃんの足許《あしもと》にころげている碁石《ごいし》を大急《おおいそ》ぎでひったくってやった。そうしたら部屋《へや》のむこうに日《ひ》なたぼっこしながら衣物《きもの》を縫《ぬ》っていた婆《ばあ》やが、眼鏡《めがね》をかけた顔《かお》をこちらに向《む》けて、上眼《うわめ》で睨《にら》みつけながら、

「又泣《またな》かせて、兄《にい》さん悪《わる》いじゃありませんか年《とし》かさのくせに」

といったが、八《や》っちゃんが足《あし》をばたばたやって死《し》にそうに泣《な》くものだから、いきなり立《た》って来《き》て八《や》っちゃんを抱《だ》き上《あ》げた。婆《ばあ》やは八《や》っちゃんにお乳《ちち》を飲《の》ま

せているものだから、いつでも八《や》っちゃんの加勢《かせい》をするんだ。而《そ》して、

「おおお可哀《かあい》そうに何処《どこ》を。本当《ほんとう》に悪《わる》い兄《にい》さんですね。あらこんなに眼《め》の下《した》を蚯蚓《みみず》ばれにして兄《にい》さん、御免《ごめん》なさいと仰有《おっしゃ》いまし。仰有《おっしゃ》らないとお母《かあ》さんにいいつけますよ。さ」

誰《だれ》が八《や》っちゃんなんかに御免《ごめん》なさいするもんか。始《はじ》めっていえば八《や》っちゃんが悪《わる》いんだ。僕《ぼく》は黙《だま》ったままで婆《ばあ》やを睨《にら》みつけてやった。

婆《ばあ》やはわああ泣《な》く八《や》っちゃんの背中《せなか》を、抱《だ》いたまま平手《ひらて》でそっとたたきながら、八《や》っちゃんをなだめたり、僕《ぼく》に何《な》んだか小言《こごと》をいい続《つづ》けていたが僕《ぼく》がどうしても詑《あやま》ってやらなかったら、とうとう

「それじゃよう御座《ござ》んす。八《や》っちゃんあとで婆《ばあ》やがお母《かあ》さんに皆《み》んないいつけてあげますからね、もう泣《な》くんじゃありませんよ、いい子《こ》ね。八《や》っちゃんは婆《ばあ》やの御秘蔵《ごひぞう》っ子《こ》。兄《にい》さんと遊《あそ》ばずに婆《ばあ》やのそばにいらっしゃい。いやな兄《にい》さんだこと」

といって僕《ぼく》が大急《おおいそ》ぎで一《ひと》かたまりに集《あつ》めた碁石《ごいし》の所《ところ》に手《て》を出《だ》して一掴《ひとつか》み掴《つか》もうとした。僕《ぼく》は大急《おおいそ》ぎで両手《りょうて》で蓋《ふた》をしたけれども、婆《ばあ》やはかまわずに少《すこ》しばかり石《いし》を拾《ひろ》って婆《ばあ》やの坐《すわ》っている所《ところ》に持《も》っていってしまった。

普段《ふだん》なら僕《ぼく》は婆《ばあ》やを追《お》いかけて行《い》って、婆《ばあ》やが何《な》んといっても、それを取《と》りかえして来《く》るんだけれども、八《や》っちゃんの顔《かお》に蚯蚓《みみず》ばれが出来《でき》ていると婆《ばあ》やのいったのが気《き》がかりで、若《も》しかするとお母《かあ》さんにも叱《しか》られるだろうと思《おも》うと少《すこ》し位碁石《ぐらいごいし》は取《と》られても我慢《がまん》する気《き》になった。何《なに》しろ八《や》っちゃんよりはずっと沢山《たくさん》こっちに碁石《ごいし》があるんだから、僕《ぼく》は威張《いば》っていいと思《おも》った。而《そ》して部屋《へや》の真中《まんなか》に陣《じん》どって、その石《いし》を黒《くろ》と白《しろ》とに分《わ》けて畳《たたみ》の上《うえ》に綺麗《きれい》にならべ始《はじ》めた。

八《や》っちゃんは婆《ばあ》やの膝《ひざ》に抱《だ》かれながら、まだ口惜《くや》しそうに泣《な》きつづけていた。婆《ばあ》やが乳《ちち》をあてがっても呑《の》もうとしなかった。時々思《ときどきおも》い出《だ》しては大《おお》きな声《こえ》を出《だ》した。仕舞《しまい》にはその泣声《なきごえ》が少《すこ》し気《き》になり出《だ》して、僕《ぼく》は八《や》っちゃんと喧嘩《けんか》しなければよかったなあと思《おも》い始《はじ》めた。さっき八《や》っちゃんがにこにこ笑《わら》いながら小《ちい》さな手《て》に碁石《ごいし》を一杯握《いっぱいにぎ》って、僕《ぼく》が入用《いら》ないといっても僕《ぼく》にくれようとしたのも思《おも》い出《だ》した。その小《ちい》さな握拳《にぎりこぶし》が僕《ぼく》の眼《め》の前《まえ》でひょこりひょこりと動《うご》いた。

その中《うち》に婆《ばあ》やが畳《たたみ》の上《うえ》に握《にぎ》っていた碁石《ごいし》をばらりと撒《ま》くと、泣《な》きじゃくりをしていた八《や》っちゃんは急《きゅう》に泣《な》きやんで、婆《ばあ》やの膝《ひざ》からすべり下《お》りてそれをおもちゃにし始《はじ》めた。婆《ばあ》やはそれを見《み》ると、

「そうそうやっておとなにお遊《あそ》びなさいよ。婆《ばあ》やは八《や》っちゃんのおちゃんちゃんを急《いそ》いで縫《ぬ》い上《あげ》ますからね」

と云《い》いながら、せっせと縫物《ぬいもの》をはじめた。

僕《ぼく》はその時《とき》、白《しろ》い石《いし》で兎《うさぎ》を、黒《くろ》い石《いし》で亀《かめ》を作《つく》ろうとした。亀《かめ》の方《ほう》は出来《でき》たけれども、兎《うさぎ》の方《ほう》はあんまり大《おお》きく作《つく》ったので、片方《かたほう》の耳《みみ》の先《さ》きが足《た》りなかった。もう十《とお》ほどあればうまく出来上《できあが》るんだけれども、八《や》っちゃんが持《も》っていってしまったんだから仕方《しかた》がない。

「八《や》っちゃん十《とお》だけ白《しろ》い石《いし》くれない？」

といおうとしてふっと八《や》っちゃんの方《ほう》に顔《かお》を向《む》けたが、縁側《えんがわ》の方《ほう》を向《むい》て碁石《ごいし》をおもちゃにしている八《や》っちゃんを見《み》たら、口《くち》をきくのが変《へん》になった。今喧嘩《いまけんか》したばかりだから、僕《ぼく》から何《なに》かいい出《だ》してはいけなかった。だから仕方《しかた》なしに僕《ぼく》は兎《うさぎ》をくずしてしまって、もう少《すこ》し小《ちい》さく作《つく》りなおそうとした。でもそうすると亀《かめ》の方《ほう》が大《おお》きくなり過《すぎ》て、兎《うさぎ》が居眠《いねむ》りしないでも亀《かめ》の方《ほう》が駈《かけ》っこに勝《かち》そうだった。だから困《こま》っちゃった。

僕《ぼく》はどうしても八《や》っちゃんに足《た》らない碁石《ごいし》をくれろといいたくなった。八《や》っちゃんはまだ三《みっ》つですぐ忘《わす》れるから、そういったら先刻《さっき》のように丸《まる》い握拳《にぎりこぶし》だけうんと手《て》を延《の》ばしてくれるかもしれないと思《おも》った。

「八《や》っちゃん」

といおうとして僕《ぼく》はその方《ほう》を見《み》た。

そうしたら八《や》っちゃんは婆《ばあ》やのお尻《しり》の所《ところ》で遊《あそ》んでいたが真赤《まっか》な顔《かお》になって、眼《め》に一杯涙《いっぱいなみだ》をためて、口《くち》を大《おお》きく開《ひら》いて、手《て》と足《あし》とを一生懸命《いっしょうけんめい》にばたばたと動《うご》かしていた。僕《ぼく》は始《はじ》め清正公様《せいしょうこうさま》にいるかったいの乞食《こじき》がお金《かね》をねだる真似《まね》をしているのかと思《おも》った。それでもあのおしゃべりの八《や》っちゃんが口《くち》をきかないのが変《へん》だった。おまけに見《み》ていると、両手《りょうて》を口のところにもって行《い》って、無理《むり》に指《ゆび》の先《さき》を口《くち》の中《なか》に入《い》れようとしたりした。何《な》んだかふざけているのではなく、本気《ほんき》の本気《ほんき》らしくなって来《き》た。仕舞《しまい》には眼《め》を白《しろ》くしたり黒《くろ》くしたりして、げえげえと吐《は》きはじめた。

僕《ぼく》は気味《きみ》が悪《わる》くなって来《き》た。八《や》っちゃんが急《きゅう》に怖《こわ》い病気《びょうき》になったんだと思《おも》い出《だ》した。僕《ぼく》は大《おお》きな声《こえ》で、

「婆《ばあ》や……婆《ばあ》や……八《や》っちゃんが病気《びょうき》になったよう」

と怒鳴《どな》ってしまった。そうしたら婆《ばあ》やはすぐ自分《じぶん》のお尻《しり》の方《ほう》をふり向《む》いたが、八《や》っちゃんの肩《かた》に手《て》をかけて自分《じぶん》の方《ほう》に向《む》けて、急《きゅう》に慌《あわ》てて後《うしろ》から八《や》っちゃんを抱《だ》いて、

「あら八《や》っちゃんどうしたんです。口《くち》をあけて御覧《ごらん》なさい。口《くち》をですよ。こっ

ちを、明《あか》るい方《ほう》を向《む》いて……ああ碁石《ごいし》を呑《の》んだじゃないの」
と云《い》うと、握《にぎ》り拳《こぶし》をかためて、八《や》っちゃんの背中《せなか》を続《つづ》けさまにたたきつけた。
「さあ、かーっといってお吐《は》きなさい……それもう一度《いちど》……どうしようね
え……八《や》っちゃん、吐《は》くんですよう」
婆《ばあ》やは八《や》っちゃんをかっきり膝《ひざ》の上《うえ》に抱《だ》き上《あ》げて又背中《またせなか》をたたいた。僕《ぼく》はい
つ来《き》たとも知《し》らぬ中《うち》に婆《ばあ》やの側《そば》に来《き》て立《た》ったままで八《や》っちゃんの顔《かお》を見下《みおろ》して
いた。八《や》っちゃんの顔《かお》は血《ち》が出《で》るほど紅《あか》くなっていた。婆《ばあ》やはどもりながら、
「兄《にい》さんあなた、早《はや》くいって水《みず》を一杯《いっぱい》……」
僕《ぼく》は皆《みな》まで聞《き》かずに縁側《えんがわ》に飛《と》び出《だ》して台所《だいどころ》の方《ほう》に駈《か》けて行《い》った。水《みず》を飲《の》ま
せさえすれば八《や》っちゃんの病気《びょうき》はなおるにちがいないと思《おも》った。そうしたら
婆《ばあ》やが後《うしろ》からまた呼《よ》びかけた。
「兄《にい》さん水《みず》は……早《はや》くお母《かあ》さんの所《ところ》にいって、早《はや》く来《き》て下《くだ》さいと……」
僕《ぼく》は台所《だいどころ》の方《ほう》に行《ゆ》くのをやめて、今度《こんど》は一生懸命《いっしょうけんめい》でお茶《ちゃ》の間《ま》の方《ほう》に走《はし》った。

お母《かあ》さんも障子《しょうじ》を明《あ》けはなして日《ひ》なたぼっこをしながら静《しず》かに縫物《ぬいもの》をしていらしった。その側《そば》で鉄瓶《てつびん》のお湯《ゆ》がいい音《おと》をたてて煮《に》えていた。

僕《ぼく》にはそこがそんなに静《しず》かなのが変《へん》に思《おも》えた。八《や》っちゃんの病気《びょうき》はもうなおっているのかも知《し》れないと思《おも》った。けれども心《こころ》の中《うち》は駈《か》けっこをしている時《とき》みたいにどきんどきんしていて、うまく口《くち》がきけなかった。

「お母《かあ》さん……お母《かあ》さん……八《や》っちゃんがね……こうやっているんですよ……婆《ばあ》やが早《はや》く来《き》てって」

といって八《や》っちゃんのしたとおりの真似《まね》を立《た》ちながらして見《み》せた。お母《かあ》さんは少《すこ》しだるそうな眼《め》をして、にこにこしながら僕《ぼく》を見《み》たが、僕《ぼく》を見《み》ると急《きゅう》に二《ふた》つに折《お》っていた背中《せなか》を真直《まっすぐ》になさった。

「八《や》っちゃんがどうかしたの」

僕《ぼく》は一生懸命真面目《いっしょうけんめいまじめ》になって、

「うん」

と思《おも》い切《き》り頭《あたま》を前《まえ》の方《ほう》にこくりとやった。

「うん……八《や》っちゃんがこうやって……病気《びょうき》になったの」

僕《ぼく》はもう一度前《いちどまえ》と同《おな》じ真似《まね》をした。お母《かあ》さんは僕《ぼく》を見《み》ていて思《おも》わず笑《わら》おうとなさったが、すぐ心配《しんぱい》そうな顔《かお》になって、大急《おおいそ》ぎで頭《あたま》にさしていた針《はり》を抜《ぬ》いて針《はり》さしにさして、慌《あわ》てて立《た》ち上《あが》って、前《まえ》かけの糸《いと》くずを両手《りょうて》ではたきながら、僕《ぼく》のあとから婆《ばあ》やのいる方《ほう》に駈《か》けていらしった。

「婆《ばあ》や……どうしたの」

お母《かあ》さんは僕《ぼく》を押《お》しのけて、婆《ばあ》やの側《そば》に来《き》てこう仰有《おっしゃ》った。

「八《や》っちゃんがあなた……碁石《ごいし》でもお呑《の》みになったんでしょうか……」

「お呑《の》みになったんでしょうかもないもんじゃないか」

お母《かあ》さんの声《こえ》は怒《おこ》った時《とき》の声《こえ》だった。而《そ》していきなり婆《ばあ》やからひったくるように八《や》っちゃんを抱《だ》き取《と》って、自分《じぶん》が苦《くる》しくってたまらないような顔《かお》をしながら、ばたばた手足《てあし》を動《うご》かしている八《や》っちゃんをよく見《み》ていらしった。

「象牙《ぞうげ》のお箸《はし》を持《も》って参《まい》りましょうか……それで喉《のど》を撫《な》でますと……」婆《ばあ》やがそういうかいわぬに、

「刺《とげ》がささったんじゃあるまいし……兄《にい》さんあなた早《はや》く行《い》って水《みず》を持《も》っていらっしゃい」

と僕《ぼく》の方《ほう》を御覧《ごらん》になった。婆《ばあ》やは夫《それ》を聞《き》くと立上《たちあが》ったが、僕《ぼく》は婆《ばあ》やが八《や》っちゃんをそんなにしたように思《おも》ったし、用《よう》は僕《ぼく》がいいつかったのだから、婆《ばあ》やの走《はし》るのをつき抜《ぬけ》て台所《だいどころ》に駈《か》けつけた。けれども茶碗《ちゃわん》を探《さが》してそれに水《みず》を入《い》れるのは婆《ばあ》やの方《ほう》が早《はや》かった。僕《ぼく》は口惜《くや》しくなって婆《ばあ》やにかぶりついた。

「水《みず》は僕《ぼく》が持《も》ってくんだい。お母《かあ》さんは僕《ぼく》に水《みず》を……」

「それどころじゃありませんよ」

と婆《ばあ》やは怒《おこ》ったような声《こえ》を出《だ》して、僕《ぼく》がかかって行《ゆ》くのを茶碗《ちゃわん》を持《も》っていない方《ほう》の手《て》で振《ふ》りはらって、八《や》っちゃんの方《ほう》にいってしまった。僕《ぼく》は婆《ばあ》やがあんなに力《ちから》があるとは思《おも》わなかった。僕《ぼく》は、

「僕《ぼく》だい僕《ぼく》だい水《みず》は僕《ぼく》が持《も》って行《ゆ》くんだい」

と泣《な》きそうに怒《おこ》って追《お》っかけたけれども、婆《ばあ》やがそれをお母《かあ》さんの手《て》に渡《わた》すまで婆《ばあ》やに追《お》いつくことが出来《でき》なかった。僕《ぼく》は婆《ばあ》やが水《みず》をこぼさないでそれほど早《はや》く駈《か》けられるとは思《おも》わなかった。

お母《かあ》さんは婆《ばあ》やから茶碗《ちゃわん》を受取《うけと》ると八《や》っちゃんの口《くち》の所《ところ》にもって行《い》った。半《はん》分《ぶん》ほど襟頸《えりくび》に水《みず》がこぼれたけれども、それでも八《や》っちゃんは水《みず》が飲《の》めた。八《や》っちゃんはむせて、苦《くる》しがって、両手《りょうて》で胸《むね》の所《ところ》を引《ひ》っかくようにした。懐《ふとこ》ろの所《ところ》に僕《ぼく》がたたんでやった「だまかし船《ふね》」が半分顔《はんぶんかお》を出《だ》していた。僕《ぼく》は八《や》っちゃんが本当《ほんとう》に可愛《かあい》そうでたまらなくなった。あんなに苦《くる》しめば屹度《きっと》死《し》ぬにちがいないと思《おも》った。死《し》んじゃいけないけれども屹度《きっと》死《し》ぬにちがいないと思《おも》った。

今迄《いままで》口惜《くや》しがっていた僕《ぼく》は急《きゅう》に悲《かな》しくなった。お母《かあ》さんの顔《かお》が真蒼《まっさお》で、手《て》がぶるぶる震《ふる》えて、八《や》っちゃんの顔《かお》が真紅《まっか》で、ちっとも八《や》っちゃんの顔《かお》みたいでないのを見《み》たら、一人《ひとり》ぼっちになってしまったようで、我慢《がまん》のしようもなく涙《なみだ》が出《で》た。

お母《かあ》さんは僕《ぼく》がべそをかき始《はじ》めたのに気《き》もつかないで、夢中《むちゅう》になって八《や》っちゃんの世話《せわ》をしていなさった。婆《ばあ》やは膝《ひざ》をついたなりで覗《のぞ》きこむように、お母《かあ》さんと八《や》っちゃんの顔《かお》とのくっつき合《あ》っているのを見《み》おろしていた。

その中《うち》に八《や》っちゃんが胸《むね》にあてがっていた手《て》を放《はな》して驚《おどろ》いたような顔《かお》をしたと思《おも》ったら、いきなりいつもの通《とお》りな大《おお》きな声《こえ》を出《だ》してわーっと泣《な》き出《だ》した。お母《かあ》さんは夢中《むちゅう》になって八《や》っちゃんをだきすくめた。婆《ばあ》やはせきこんで、

「通《とお》りましたね、まあよかったこと」

といった。屹度碁石《きっとごいし》がお腹《なか》の中《なか》にはいってしまったのだろう。お母《かあ》さんも少《すこ》し安心《あんしん》なさったようだった。僕《ぼく》は泣《な》き乍《なが》らも、お母《かあ》さんを見《み》たら、その眼《め》に涙《なみだ》が一杯《いっぱい》たまっていた。

その時《とき》になってお母《かあ》さんは急《きゅう》に思《おも》い出《だ》したように、婆《ばあ》やにお医者《いしゃ》さんに駈《か》けつけるようにと仰有《おっしゃ》った。婆《ばあ》やはぴょこぴょこと幾度《いくど》も頭《あたま》を下《さげ》て、前垂《まえだれ》で、顔《かお》

をふきふき立《た》って行《い》った。

泣《な》きわめいている八《や》っちゃんをあやしながら、お母《かあ》さんはきつい眼《め》をして、僕《ぼく》に早《はや》く碁石《ごいし》をしまえと仰有《おっしゃ》った。僕《ぼく》は叱《しか》られたような、悪《わる》いことをしていたような気《き》がして、大急《おおいそ》ぎで、碁石《ごいし》を白《しろ》も黒《くろ》もかまわず入《い》れ物《もの》に仕舞《しま》ってしまった。

八《や》っちゃんは寝床《ねどこ》の上《うえ》にねかされた。どこも痛《いた》くはないと見《み》えて、泣《な》くのをよそうとしては、又急《またきゅう》に何《なに》か思《おも》い出《だ》したようにわーっと泣《な》き出《だ》した。お母《かあ》さんはそのたんびに胸《むね》が痛《いた》むような顔《かお》をなさった。而《そ》して、

「さあもういいのよ八《や》っちゃん。どこも痛《いた》くはありませんわ。弱《よわ》いことそんなに泣《な》いちゃあ。かあちゃんがおさすりしてあげますからね、泣《な》くんじゃないの。

……あの兄《にい》さん」

といって僕《ぼく》を見《み》なすったが、僕《ぼく》がしくしくと泣《な》いているのに気《き》がつくと、

「まあ兄《にい》さんも弱虫《よわむし》ね」

といいながらお母《かあ》さんも泣《な》き出《だ》しなさった。それだのに泣《な》くのを僕《ぼく》に隠《かく》して泣《な》かないような風《ふう》をなさるんだ。

「兄《にい》さん泣《な》いてなんぞいないで、お坐蒲団《ざぶとん》をここに一《ひと》つ持《も》って来《き》て頂戴《ちょうだい》」

と仰有《おっしゃ》った。僕《ぼく》はお母《かあ》さんが泣《な》くので、泣《な》くのを隠《かく》すので、なお八《や》っちゃんが死《し》ぬんではないかと心配《しんぱい》になってお母《かあ》さんの仰有《おっしゃ》るとおりにしたら、ひょっとして八《や》っちゃんが助《たす》かるんではないかと思《おも》って、すぐ坐蒲団《ざぶとん》を取《と》りに行《い》って来《き》た。

お医者《いしゃ》さんは、白《しろ》い鬚《ひげ》の方《ほう》のではない、金縁《きんぶち》の眼《め》がねをかけた方《ほう》のだった。その若《わか》いお医者《いしゃ》さんが八《や》っちゃんのお腹《なか》をさすったり、手《て》くびを握《にぎ》ったりしながら、心配《しんぱい》そうな顔《かお》をしてお母《かあ》さんと小《ちい》さな声《こえ》でお話《はなし》をしていた。お医者《いしゃ》の帰《かえ》った時《とき》には、八《や》っちゃんは泣《な》きづかれにつかれてよく寝《ね》てしまった。

お母《かあ》さんはそのそばにじっと坐《すわ》っていた。八《や》っちゃんは時々《ときどき》怖《こ》わい夢《ゆめ》でも見《み》ると見《み》えて、急《きゅう》に泣《な》き出《だ》したりした。

その晩《ばん》は僕《ぼく》は婆《ばあ》やと寝《ね》た。而《そ》してお母《かあ》さんは八《や》っちゃんのそばに寝《ね》なさった。婆《ばあ》やが時々《ときどき》起《お》きて八《や》っちゃんの方《ほう》に行《ゆ》くので、折角眠《せっかくねむ》りかけた僕《ぼく》は幾度《いくど》も眼《め》をさました。八《や》っちゃんがどんなになったかと思《おも》うと、僕《ぼく》は本当《ほんとう》に淋《さび》しく悲《かな》しかった。

時計《とけい》が九《ここの》つ打《う》っても僕《ぼく》は寝《ね》られなかった。寝《ね》られないなあと思《おも》っている中《うち》に、ふっと気《き》が附《つ》いたらもう朝《あさ》になっていた。いつの間《ま》に寝《ね》てしまったんだろう。

「兄《にい》さん眼《め》がさめて」

そういうやさしい声《こえ》が僕《ぼく》の耳許《みみもと》でした。お母《かあ》さんの声《こえ》を聞《き》くと僕《ぼく》の体《からだ》はあたたかになる。僕《ぼく》は眼《め》をぱっちり開《ひら》いて嬉《うれ》しくって、思《おも》わず臥《ね》がえりをうって声《こえ》のする方《ほう》に向《む》いた。そこにお母《かあ》さんがちゃんと着《き》がえをして、頭《あたま》を綺麗《きれい》に結《い》って、にこにことして僕《ぼく》を見詰《みつ》めていらしった。

「およろこび、八《や》っちゃんがね、すっかりよくなってよ。夜中《よなか》にお通《つう》じがあったから碁石《ごいし》が出《で》て来《き》たのよ。……でも本当《ほんとう》に怖《こわ》いから、これから兄《にい》さんも碁《ご》石《いし》だけはおもちゃにしないで頂戴《ちょうだい》ね。兄《にい》さん……八《や》っちゃんが悪《わる》かった時、兄《にい》さんは泣《な》いていたのね。もう泣《な》かないでもいいことになったのよ。今日《きょう》こそあなたがたに一番《いちばん》すきなお菓子《かし》をあげましょうね。さ、お起《お》き」

と云《い》って僕《ぼく》の両脇《りょうわき》に手《て》を入《い》れて、抱《だ》き起《おこ》そうとなさった。僕《ぼく》は擽《くすぐ》ったくってたまらないから、大《おお》きな声《こえ》を出《だ》してあははあははと笑《わら》った。

「八《や》っちゃんが眼《め》をさましますよ、そんな大《おお》きな声《こえ》をすると」

と云《い》ってお母《かあ》さんは一寸真面目《ちょっとまじめ》な顔《かお》をなさったが、すぐそのあとからにここにこして僕《ぼく》の寝間着《ねまき》を着《き》かえさせて下《くだ》さった。

僕《ぼく》の帽子《ぼうし》のお話《はなし》

僕《ぼく》の帽子《ぼうし》のお話《はなし》

「僕《ぼく》の帽子《ぼうし》はおとうさんが東京《とうきょう》から買《か》って来《き》て下《くだ》さったのです。ねだんは二《に》円八十銭《えんはちじゅっせん》で、かっこうもいいし、らしゃも上等《じょうとう》です。おとうさんが大切《たいせつ》にしなければいけないと仰有《おっしゃ》いました。僕《ぼく》もその帽子《ぼうし》が好《す》きだから大切《たいせつ》にしています。夜《よる》は寝《ね》る時《とき》にも手《て》に持《も》って寝《ね》ます」

綴《つづ》り方《かた》の時《とき》にこういう作文《さくぶん》を出《だ》したら、先生《せんせい》が皆《み》んなにそれを読《よ》んで聞《き》かせて、「寝《ね》る時《とき》にも手《て》に持《も》って寝《ね》ます。寝《ね》る時《とき》にも手《て》に持《も》って寝《ね》ます」と二度《にど》そのところを繰返《くりかえ》してわははとお笑《わら》いになりました。皆《み》んなも、先生《せんせい》が大《おお》きな口《くち》を開《あ》いてお笑《わら》いになるのを見《み》ると、一緒《いっしょ》になって笑《わら》いました。僕《ぼく》もおかしくなって笑《わら》いました。そうしたら皆《み》んながなおのこと笑《わら》いました。

その大切《たいせつ》な帽子《ぼうし》がなくなってしまったのですから僕《ぼく》は本当《ほんとう》に困《こま》りました。いつもの通《とお》り「御機嫌《ごきげん》よう」をして、本《ほん》の包《つつ》みを枕《まくら》もとにおいて、帽子《ぼうし》のぴかぴか光《ひか》る庇《ひさし》をつまんで寝《ね》たことだけはちゃんと覚《おぼ》えているのですが、それがどこへか見《み》えなくなったのです。

眼《め》をさましたら本《ほん》の包《つつみ》はちゃんと枕《まくら》もとにありましたけれども、帽子《ぼうし》はありませんでした。僕《ぼく》は驚《おどろ》いて、半分寝床《はんぶんねどこ》から起《お》き上《あが》って、あっちこっちを見廻《みま》わしました。おとうさんもおかあさんも、何《なん》にも知《し》らないように、僕《ぼく》のそばでよく寝《ね》ていらっしゃいます。僕《ぼく》はおかあさんを起《おこ》そうかとちょっと思《おも》いましたが、おかあさんが「お前《まえ》さんお寝《ね》ぼけね、ここにちゃあんとあるじゃありませんか」といいながら、わけなく見付《みつ》けだしでもなさると、少《すこ》し恥《はずか》しいと思《おも》って、起《おこ》すのをやめて、かいまきの袖《そで》をまくり上《あ》げたり、枕《まくら》の近所《きんじょ》を探《さが》して見《み》たりしたけれども、矢張《やっぱ》りありません。よく探《さが》して見《み》たら直《す》ぐ出《で》て来《く》るだろうと初《はじ》めの中《うち》は思《おも》って、それほど心配《しんぱい》はしなかったけれども、いくらそこいらを探《さが》しても、どうしても出《で》て来《こ》ようとはしないので、だんだん心配《しんぱい》になって来《き》て、しまいには喉《のど》が干《ひ》からびる程心配《ほどしんぱい》になってしまいました。寝床《ねどこ》の裾《すそ》の方《ほう》もまくって見《み》ました。もしや手《て》に持《も》ったままで帽子《ぼうし》のありかを探《さが》しているのではないかと思《おも》って、両手《りょうて》を眼《め》の前《まえ》につき出《だ》して、手《て》の平《ひら》と手《て》の甲《こう》と、指《ゆび》の間《あいだ》とをよく調《しら》べても見《み》ました。ありません。僕《ぼく》は胸《むね》がどきどきして来《き》ました。

昨日買《きのうか》っていただいた読本《とくほん》の字引《じび》きが一番大切《いちばんたいせつ》で、その次《つ》ぎに大切《たいせつ》なのは帽子《ぼう》なんだから、僕《ぼく》は悲《かな》しくなり出《だ》しました。涙《なみだ》が眼《め》に一抔《いっぱい》たまって来《き》ました。僕《ぼく》は「泣《な》いたって駄目《だめ》だよ」と涙《なみだ》を叱《しか》りつけながら、そっと寝床《ねどこ》を抜《ぬ》け出《だ》して本棚《ほんだな》の所《ところ》に行《い》って上《うえ》から下《した》までよく見《み》ましたけれども、帽子《ぼうし》らしいものは見《み》えません。僕《ぼく》は本当《ほんとう》に困《こま》ってしまいました。

「帽子《ぼうし》を持《も》って寝《ね》たのは一昨日《おととい》の晩《ばん》で、昨夜《さくや》はひょっとするとそうするのを忘《わす》れたのかも知《し》れない」とふとその時思《ときおも》いました。そう思《おも》うと、持《も》って寝《ね》たようでもあり、持《も》つのを忘《わす》れて寝《ね》たようでもあります。「きっと忘《わす》れたんだ。そんなら中《なか》の口《くち》におき忘《わす》れてあるんだ。そうだ」僕《ぼく》は飛《と》び上《あ》がるほど嬉《うれ》しくなりました。中《なか》の口《くち》の帽子《ぼうし》かけに庇《ひさし》のぴかぴか光《ひか》った帽子《ぼうし》が、知《し》らん顔《かお》をしてぶら下《さ》がっているんだ。なんのこったと思《おも》うと、僕《ぼく》はひとりでに面白《おもしろ》くなって、襖《ふすま》をがらっと勢《いきおい》よく開《あ》けましたが、その音《おと》におとうさんやおかあさんが眼《め》をおさましになると大変《たいへん》だと思《おも》って、後《うし》ろをふり返《かえ》って見《み》ました。物音《ものおと》にすぐ眼《め》のさめるおかあさんも、その時《とき》にはよく寝《ね》ていらっしゃいました。僕《ぼく》はそうっと襖《ふすま》をしめて、中《なか》の口《くち》の方《ほう》に行《ゆ》きました。いつでもそこの電灯《でんとう》は消《け》してある筈《はず》なのに、その晩《ばん》ばかりは昼《ひる》のように明《あか》るくなっていました。なんでもよく見《み》えました。中《なか》の口《くち》の帽子《ぼうし》かけには、おとうさんの帽子《ぼうし》の隣《とな》りに、僕《ぼく》の帽子《ぼうし》が威張《いば》りくさってかかっているに違《ちが》いないとは思《おも》いましたが、なんだか矢張《やは》り心配《しんぱい》で、僕《ぼく》はそこに行《ゆ》くまで、なるべくそっちの方《ほう》を向《む》きませんでした。そしてしっかりその前《まえ》に来《き》てから、「ばあ」をするように、急《きゅう》に上《うえ》を向《む》いて見《み》ました。おとうさんの茶色《ちゃいろ》の帽子《ぼうし》だけが知《し》らん顔《かお》をしてかかっていました。あるに違《ちが》いないと思《おも》っていた僕《ぼく》の帽子《ぼうし》は矢張《やは》りそこにもありませんでした。僕《ぼく》はせかせかした気持《きも》ちになって、あっちこちを見廻《みま》わしました。

そうしたら中《なか》の口《くち》の格子戸《こうしど》に黒《くろ》いものが挟《はさ》まっているのを見《み》つけ出《だ》しました。電灯《でんとう》の光《ひかり》でよく見《み》ると、驚《おどろ》いたことにはそれが僕《ぼく》の帽子《ぼうし》らしいのです。僕《ぼく》は夢中《むちゅう》になって、そこにあった草履《ぞうり》をひっかけて飛《と》び出《だ》しました。そして格《こう》子戸《しど》を開《あ》けて、ひしゃげた帽子《ぼうし》を拾《ひろ》おうとしたら、不思議《ふしぎ》にも格子戸《こうしど》がひとりでに音《おと》もなく開《ひら》いて、帽子《ぼうし》がひょいと往来《おうらい》の方《ほう》へ転《ころ》がり出《だし》ました。格子戸《こうしど》のむこうには雨戸《あまど》が締《し》まっている筈《はず》なのに、今夜《こんや》に限《かぎ》ってそれも開《ひら》いていました。けれども僕《ぼく》はそんなことを考《かんが》えてはいられませんでした。帽子《ぼうし》がどこかに見《み》えなくならない中《うち》にと思《おも》って、慌《あわ》てて僕《ぼく》も格子戸《こうしど》のあきまから駈《か》け出《だ》しました。見《み》ると帽子《ぼうし》は投《な》げられた円盤《えんばん》のように二三間《にさんげん》先《さ》きをくるくるとまわって行《ゆ》きます。風《かぜ》も吹《ふ》いていないのに不思議《ふしぎ》なことでした。僕《ぼく》は何《なに》しろ一生懸命《いっしょうけんめい》に駈《か》け出《だ》して帽子《ぼうし》に追《お》いつきました。まあよかったと安心《あんしん》しながら、それを拾《ひろ》おうとすると、帽子《ぼうし》は上手《じょうず》に僕《ぼく》の手《て》からぬけ出《だ》して、ころころと二三間先《にさんげんさき》に転《ころ》がって行《ゆ》くではありませんか。僕《ぼく》は大急《おおいそ》ぎで立《た》ち上《あ》がって又《また》あとを追《お》いかけました。そんな風《ふう》にして、帽子《ぼうし》は僕《ぼく》につかまりそうになると、二間転《にけんころ》がり、三間転《さんげんころ》がりして、どこまでも僕《ぼく》から逃《に》げのびました。

四《よ》つ角《かど》の学校《がっこう》の、道具《どうぐ》を売《う》っているおばさんの所《ところ》まで来《く》ると帽子《ぼうし》のやつ、そこに立《た》ち止《ど》まって、独楽《こま》のように三四遍横《さんよんへんよこ》まわりをしたかと思《おも》うと、調子《ちょうし》をつけるつもりか一寸飛《ちょっとと》び上《あ》がって、地面《じめん》に落《お》ちるや否《いな》や学校《がっこう》の方《ほう》を向《む》いて驚《おどろ》くほど早《はや》く走《はし》りはじめました。見《み》る見《み》る歯医者《はいしゃ》の家《うち》の前《まえ》を通《とお》り過《す》ぎて、始終僕《しじゅうぼく》達《たち》をからかう小僧《こぞう》のいる酒屋《さかや》の天水桶《てんすいおけ》に飛《と》び乗《の》って、そこでまたきりきり舞《ま》いをして桶《おけ》のむこうに落《お》ちたと思《おも》うと、今度《こんど》は斜《はす》むこうの三軒長屋《さんげんながや》の格子窓《こうしまど》の中《なか》程《ほど》の所《ところ》を、風《かぜ》に吹《ふ》きつけられたようにかすめて通《とお》って、それからまた往来《おうらい》の上《うえ》を人通《ひとどお》りがないのでいい気《き》になって走《はし》ります。僕《ぼく》も帽子《ぼうし》の走《はし》るとおりを、右《みぎ》に行《い》ったり左《ひだり》に行《い》ったりしながら追《お》いかけました。夜《よる》のことだからそこいらは気《き》味《み》の悪《わる》いほど暗《くら》いのだけれども、帽子《ぼうし》だけははっきりとしていて、徽章《きしょう》までちゃんと見《み》えていました。それだのに帽子《ぼうし》はどうしてもつかまりません。始《はじ》めの中《うち》は面白《おもしろ》くも思《おも》いましたが、その中《うち》に口惜《くや》しくなり、腹《はら》が立《た》ち、しまいには情《なさ》けなくなって、泣《な》き出《だ》しそうになりました。それでも僕《ぼく》は我慢《がまん》していました。

そして、

「おおい、待《ま》ってくれえ」

と声《こえ》を出《だ》してしまいました。人間《にんげん》の言葉《ことば》が帽子《ぼうし》にわかる筈《はず》はないとおもいながらも、声《こえ》を出《だ》さずにはいられなくなってしまったのです。そうしたら、どうでしょう、帽子《ぼうし》が――その時《とき》はもう学校《がっこう》の正門《せいもん》の所《ところ》まで来《き》ていましたが――急《きゅう》に立《た》ちどまって、こっちを振《ふ》り向《む》いて、

「やあい、追《お》いつかれるものなら、追《お》いついて見《み》ろ」

といいました。確《たし》かに帽子《ぼうし》がそういったのです。それを聞《き》くと、僕《ぼく》は「何糞《なにくそ》」と敗《ま》けない気《き》が出《で》て、いきなりその帽子《ぼうし》に飛《と》びつこうとしましたら、帽子《ぼうし》も僕《ぼく》

も一緒《いっしょ》になって学校《がっこう》の正門《せいもん》の鉄《てつ》の扉《とびら》を何《なん》の苦《く》もなくつき抜《ぬ》けていました。あっと思《おも》うと僕《ぼく》は梅組《うめぐみ》の教室《きょうしつ》の中《なか》にいました。僕《ぼく》の組《くみ》は松組《まつぐみ》なのに、どうして梅組《うめぐみ》にはいりこんだか分《わか》りません。飯本先生《いいもとせんせい》が一銭銅貨《いっせんどうか》を一枚皆《いちまいみんな》に見《み》せていらっしゃいました。

「これを何枚呑《なんまいの》むとお腹《なか》の痛《いた》みがなおりますか」

とお聞《き》きになりました。

「一枚呑《いちまいの》むとなおります」

とすぐ答《こた》えたのはあばれ坊主《ぼうず》の栗原《くりはら》です。先生《せんせい》が頭《あたま》を振《ふ》られました。

「二枚《にまい》です」と今度《こんど》はおとなしい伊藤《いとう》が手《て》を挙《あ》げながらいいました。

「よろしい、その通《とお》り」

僕《ぼく》は伊藤《いとう》は矢張《やは》りよく出来《でき》るのだなと感心《かんしん》しました。

おや、僕《ぼく》の帽子《ぼうし》はどうしたろうと、今《いま》まで先生《せんせい》の手《て》にある銅貨《どうか》にばかり気《き》を取《と》られていた僕《ぼく》は、不意《ふい》に気《き》がつくと、大急《おおいそ》ぎでそこらを見廻《みま》わしました。どこで見失《みうしな》ったか、そこいらに帽子《ぼうし》はいませんでした。

僕《ぼく》は慌《あわ》てて教室《きょうしつ》を飛《と》び出《だ》しました。広《ひろ》い野原《のはら》に来《き》ていました。どっちを見《み》ても短《みじか》い草《くさ》ばかり生《は》えた広《ひろ》い野《の》です。真暗《まっくら》に曇《くも》った空《そら》に僕《ぼく》の帽子《ぼうし》が黒《くろ》い月《つき》のように高《たか》くぶら下《さ》がっています。とても手《て》も何《なに》も届《とど》きはしません。飛行機《ひこうき》に乗《の》って追《お》いかけてもそこまでは行《ゆ》けそうにありません。僕《ぼく》は声《こえ》も出《で》なくなって恨《うら》めしくそれを見《み》つめながら地《じ》だんだを踏《ふ》むばかりでした。けれどもいくら地《じ》だんだを踏《ふ》んで睨《にら》みつけても、帽子《ぼうし》の方《ほう》は平気《へいき》な顔《かお》をして、そっぽを向《む》いているばかりです。こっちから何《なに》かいいかけても返事《へんじ》もしてやらないぞというような意《い》地悪《じわる》な顔《かお》をしています。おとうさんに、帽子《ぼうし》が逃《に》げ出《だ》して天《てん》に登《のぼ》って真黒《まっくろ》なお月様《つきさま》になりましたといったところが、とても信《しん》じて下《くだ》さりそうはありませんし、明日《あす》からは、帽子《ぼうし》なしで学校《がっこう》にも通《かよ》わなければならないのです。こんな馬鹿《ばか》げたことがあるものでしょうか。あれ程大事《ほどだいじ》に可愛《かあい》がってやっていたのに、帽子《ぼうし》はどうして僕《ぼく》をこんなに困《こま》らせなければいられないのでしょう。僕《ぼく》はなおなお口惜《くや》しくなりました。そうしたら、また涙《なみだ》という厄介《やっかい》ものが両方《りょうほう》の眼《め》からぽたぽたと流《なが》れ出《だ》して来《き》ました。

野原《のはら》はだんだん暗《くら》くなって行《ゆ》きます。どちらを見《み》ても人《ひと》っ子一人《こひとり》いませんし、人《ひと》の家《うち》らしい灯《ひ》の光《ひかり》も見《み》えません。どういう風《ふう》にして家《うち》に帰《かえ》れるのか、それさえ分《わか》らなくなってしまいました。今《いま》までそれは考《かんが》えてはいないことでした。ひょっとしたら狸《たぬき》が帽子《ぼうし》に化《ば》けて僕《ぼく》をいじめるのではないかしら。狸《たぬき》が化《ば》けるなんて、大《おお》うそだと思《おも》っていたのですが、その時《とき》ばかりはどうもそうらしい気《き》がしてしかたがなくなりはじめました。帽子《ぼうし》を売《う》っていた東京《とうきょう》の店《みせ》が狸《たぬき》の巣《す》で、おとうさんがばかされていたんだ。狸《たぬき》が僕《ぼく》を山《やま》の中《なか》に連《つ》れこんで行《ゆ》くために第一《だいいち》におとうさんをばかしたんだ。そういえばあの帽子《ぼうし》はあんまり僕《ぼく》の気《き》にいるように出来《でき》ていました。僕《ぼく》はだんだん気味《きみ》が悪《わる》くなってそっと帽子《ぼうし》を見上《みあ》げて見《み》ました。そうしたら真黒《まっくろ》なお月様《つきさま》のような帽子《ぼうし》が小《ちい》さく丸《まる》まった狸《たぬき》のようにも見《み》えました。そうかと思《おも》うと矢張《やは》り僕《ぼく》の大事《だいじ》な帽子《ぼうし》でした。

その時遠《ときとお》くの方《ほう》で僕《ぼく》の名前《なまえ》を呼《よ》ぶ声《こえ》が聞《き》こえはじめました。泣《な》くような声《こえ》もしました。いよいよ狸《たぬき》の親方《おやかた》が来《き》たのかなと思《おも》うと、僕《ぼく》は恐《おそ》ろしさに背骨《せぼね》がぎゅっと縮《ちぢ》み上《あ》がりました。

ふと僕《ぼく》の眼《め》の前《まえ》に僕《ぼく》のおとうさんとおかあさんとが寝衣《ねまき》のままで、眼《め》を泣《な》きはらしながら、大騒《おおさわ》ぎをして僕《ぼく》の名《な》を呼《よ》びながら探《さが》しものをしていらっしゃいます。それを見《み》ると僕《ぼく》は悲《かな》しさと嬉《うれ》しさとが一緒《いっしょ》になって、いきなり飛《と》びつこうとしましたが、矢張《やは》りおとうさんもおかあさんも狸《たぬき》の化《ば》けたのではないかと、ふと気《き》が付《つ》くと、何《な》んだか薄気味《うすきみ》が悪《わる》くなって飛《と》びつくのをやめました。そしてよく二人《ふたり》を見《み》ていました。

おとうさんもおかあさんも僕《ぼく》がついそばにいるのに少《すこ》しも気《き》がつかないらしく、おかあさんは僕《ぼく》の名《な》を呼《よ》びつづけながら、簞笥《たんす》の引出《ひきだ》しを一生懸命《いっしょうけんめい》に尋《たず》ねていらっしゃるし、おとうさんは涙《なみだ》で曇《くも》る眼鏡《めがね》を拭《ふ》きながら、本棚《ほんだな》の本《ほん》を片端《かたっぱし》から取《と》り出《だ》して見《み》ていらっしゃいます。そうです、そこには家《うち》にある通《とお》りの本棚《ほんだな》と箪笥《たんす》とが来《き》ていたのです。僕《ぼく》はいくらそんな所《ところ》を探《さが》したって僕《ぼく》はいるものかと思《おも》いながら、暫《しばら》くは見《み》つけられないのをいい事《こと》にして黙《だま》って見《み》ていました。

「どうもあれがこの本《ほん》の中《なか》にいない筈《はず》はないのだがな」

とやがておとうさんがおかあさんに仰有《おっしゃ》います。

「いいえそんな所《ところ》にはいません。またこの箪笥《たんす》の引出《ひきだ》しに隠《かく》れたなりで、いつの間《ま》にか寝込《ねこ》んだに違《ちが》いありません。月《つき》の光《ひかり》が暗《くら》いのでちっとも見《み》つかりはしない」

とおかあさんはいらいらするように泣《な》きながらおとうさんに返事《へんじ》をしていられます。

矢張《やは》りそれは本当《ほんとう》のおとうさんとおかあさんでした。それに違《ちが》いありませんでした。あんなに僕《ぼく》のことを思《おも》ってくれるおとうさんやおかあさんが外《ほか》にある筈《はず》はないのですもの。僕《ぼく》は急《きゅう》に勇気《ゆうき》が出《で》て来《き》て顔中《かおじゅう》がにこにこ笑《わら》いになりかけて来《き》ました。「わっ」といって二人《ふたり》を驚《おどろ》かして上《あ》げようと思《おも》って、いきなり大《おお》きな声《こえ》を出《だ》して二人《ふたり》の方《ほう》に走《はし》り寄《よ》りました。ところがどうしたことでしょう。僕《ぼく》の体《からだ》は学校《がっこう》の鉄《てつ》の扉《とびら》を何《なん》の苦《く》もなく通《とお》りぬけたように、おとうさんとおかあさんとを空気《くうき》のように通《とお》りぬけてしまいました。僕《ぼく》は驚《おどろ》いて振《ふ》り返《かえ》って見《み》ました。おとうさんとおかあさんとは、そんなことがあったのは少《すこ》しも知《し》らないように相変《あいかわ》らず本棚《ほんだな》と箪笥《たんす》とをいじくっていらっしゃいました。僕《ぼく》はもう一度《いちど》二人《ふたり》の方《ほう》に進《すす》み寄《よ》って、二人《ふたり》に手《て》をかけて見《み》ました。そうしたら、二人《ふたり》ばかりではなく、本棚《ほんだな》までも箪笥《たんす》まで空気《くうき》と同《おな》じように触《さわ》ることが出来《でき》ません。それを知《し》ってか知《し》らないでか、二人《ふたり》は前《まえ》の通《とお》り一生懸命《いっしょうけんめい》に、泣《な》きながら、しきりと僕《ぼく》の名《な》を呼《よ》んで僕《ぼく》を探《さが》していらっしゃいます。僕《ぼく》も声《こえ》を立《た》てました。だんだん大《おお》きく声《こえ》を立《た》てました。

「おとうさん、おかあさん、僕《ぼく》ここにいるんですよ。おとうさん、おかあさん」

けれども駄目《だめ》でした。おとうさんもおかあさんも、僕《ぼく》のそこにいることは少《すこ》しも気付《きづ》かないで、夢中《むちゅう》になって僕《ぼく》のいもしない所《ところ》を探《さが》していらっしゃるんです。僕《ぼく》は情《なさ》けなくなって本当《ほんとう》においおい声《こえ》を出《だ》して泣《な》いてやろうかと思《おも》う位《くらい》でした。

そうしたら、僕《ぼく》の心《こころ》にえらい智慧《ちえ》が湧《わ》いて来《き》ました。あの狸帽子《たぬきぼうし》が天《てん》の所《ところ》でいたずらをしているので、おとうさんやおかあさんは僕《ぼく》のいるのがお分《わ》かりにならないんだ。そうだ、あの帽子《ぼうし》に化《ば》けている狸《たぬき》おやじを征伐《せいばつ》するより外《ほか》はない。そう思《おも》いました。で、僕《ぼく》は空中《くうちゅう》にぶら下《さ》がっている帽子《ぼうし》を眼《め》がけて飛《と》びついて、それをいじめて白状《はくじょう》させてやろうと思《おも》いました。僕《ぼく》は高飛《たかと》びの身《み》構《がま》えをしました。

「レデー・オン・ゼ・マーク……ゲッセット……ゴー」

力一杯《ちからいっぱい》跳《は》ね上《あ》がったと思《おも》うと、僕《ぼく》の体《からだ》はどこまでもどこまでも上《うえ》の方《ほう》へと登《のぼ》って行《ゆ》きます。面白《おもしろ》いように登《のぼ》って行《ゆ》きます。とうとう帽子《ぼうし》の所《ところ》に来《き》ました。僕《ぼく》は力《りき》みかえって帽子《ぼうし》をうんと摑《つか》みました。帽子《ぼうし》が「痛《いた》い」といいました。その拍子《ひょうし》に帽子《ぼうし》が天《てん》の釘《くぎ》から外《はず》れでもしたのか僕《ぼく》は帽子《ぼうし》を摑《つか》んだまま、まっさかさまに下《した》の方《ほう》へと落《お》ちはじめました。どこまでもどこまでも。もう草原《くさはら》に足《あし》がつきそうだと思《おも》うのに、そんなこともなく、際限《さいげん》もなく落《お》ちて行《ゆ》きました。だんだんそこいらが明《あか》るくなり、神鳴《かみな》りが鳴《な》り、しまいには眼《め》も明《あ》けていられない程《ほど》、まぶしい火《ひ》の海《うみ》の中《なか》にはいりこんで行《ゆ》こうとするのです。そこまで落《お》ちたら焼《や》け死《し》ぬ外《ほか》はありません。帽子《ぼうし》が大《おお》きな声《こえ》を立《た》てて、

「助《たす》けてくれえ」

と呶鳴《どな》りました。僕《ぼく》は恐《おそ》ろしくて唯《ただ》うなりました。

僕《ぼく》は誰《だ》れかに身《み》をゆすぶられました。びっくらして眼《め》を開《あ》いたら夢《ゆめ》でした。雨戸《あまど》を半分《はんぶん》開《あ》けかけたおかあさんが、僕《ぼく》のそばに来《き》ていらっしゃいました。

「あなたどうかおしかえ、大変《たいへん》にうなされて……お寝《ね》ぼけさんね、もう学校《がっこう》に行《ゆ》く時間《じかん》が来《き》ますよ」

と仰有《おっしゃ》いました。そんなことはどうでもいい。僕《ぼく》はいきなり枕《まくら》もとを見《み》ました。

そうしたら僕《ぼく》は矢張《やはり》後生大事《ごしょうだいじ》に庇《ひさし》のぴかぴか光《ひか》る二円八十銭《にえんはちじゅっせん》の帽子《ぼうし》を右手《みぎて》で握《にぎ》っていました。

僕《ぼく》は随分《ずいぶん》うれしくなって、それからにこにことおかあさんの顔《かお》を見《み》て笑《わら》いました。

火事《かじ》とポチ

火事《かじ》とポチ

ポチの啼声《なきごえ》で僕《ぼく》は眼《め》がさめた。

眠《ねむ》たくってたまらなかったから、うるさいなとその啼声《なきごえ》を怒《おこ》っている間《ま》もなく、真赤《まっか》な火《ひ》が眼《め》に映《うつ》ったので、驚《おどろ》いて両方《りょうほう》の眼《め》をしっかり開《ひら》いて見《み》たら、戸棚《とだな》の中《なか》じゅうが火《ひ》になっているので、二度《にど》驚《おどろ》いて飛《と》び起《お》きた。そうしたら僕《ぼく》のそばに寝《ね》ているはずのお婆《ばあ》さまが、何《なに》か黒《くろ》い布《きれ》のようなもので、夢中《むちゅう》になって戸棚《とだな》の火《ひ》をたたいていた。何《な》んだか知《し》れないけれども僕《ぼく》は、お婆《ばあ》さまの様子《ようす》が滑稽《こっけい》にも見《み》え、怖《おそ》ろしくも見《み》えて、思《おも》わずその方《ほう》に駈《か》けよった。そうしたらお婆《ばあ》さまは黙《だま》ったままでうるさそうに僕《ぼく》を払《はら》い退《の》けておいて、その布《きれ》のようなものを滅多《めった》やたらに振《ふ》り廻《ま》わした。それが僕《ぼく》の手《て》に触《さわ》ったらぐしょぐしょに濡《ぬ》れているのが知《し》れた。

「お婆《ばあ》さま、どうしたの？」

と聞《き》いて見《み》た。お婆《ばあ》さまは戸棚《とだな》の中《なか》の火《ひ》の方《ほう》ばかり見《み》て答《こた》えようともしない。僕《ぼく》は火事《かじ》じゃないかと思《おも》った。これが火事《かじ》というものじゃないかと思《おも》った。

ポチが戸《と》の外《そと》で気狂《きちが》いのように啼《な》いている。

部屋《へや》の中《なか》は、障子《しょうじ》も、壁《かべ》も、床《とこ》の間《ま》も、違《ちが》い棚《だな》も、昼間《ひるま》のように明《あか》るくなっていた、お婆《ばあ》さまの影坊子《かげぼうし》が大《おお》きくそれに映《うつ》って、怪物《ばけもの》か何《なに》かのように動《うご》いていた。ただお婆《ばあ》さまが僕《ぼく》に一言《ひとこと》も物《もの》をいわないのが変《へん》だった。急《きゅう》に唖《おし》になったのだろうか。而《そ》していつものようには僕《ぼく》を可愛《かあい》がってくれずに、僕《ぼく》が近寄《ちかよ》っても邪魔者《じゃまもの》あつかいにする。

これはどうしても大変《たいへん》だと僕《ぼく》は思《おも》った。僕《ぼく》は夢中《むちゅう》になってお婆《ばあ》さまにかじりつこうとした。そうしたらあんな弱《よわ》いお婆《ばあ》さまが黙《だま》ったままで、いやというほど僕《ぼく》を払《はら》いのけたので僕《ぼく》は襖《ふすま》のところまでけし飛《と》ばされた。

火事《かじ》なんだ。お婆《ばあ》さまが一人《ひとり》で消《け》そうとしているんだ。それがわかるとお婆《ばあ》さま一人《ひとり》では駄目《だめ》だと思《おも》ったから、僕《ぼく》はすぐ部屋《へや》を飛《と》び出《だ》して、お父《とう》さんとお母《かあ》さんとが寝《ね》ている離《はな》れの所《ところ》に行《い》って、

「お父《とう》さん……お母《かあ》さん……」

と思《おも》いきり大《おお》きな声《こえ》を出《だ》した。

僕《ぼく》の部屋《へや》の外《そと》で啼《な》いていると思《おも》ったポチがいつの間《ま》にかそこに来《き》ていて、きゃんきゃんとひどく啼《な》いていた。僕《ぼく》が大《おお》きな声《こえ》を出《だ》すか出《だ》さないにお母《かあ》さんが寝衣《ねまき》のままで飛《と》び出《だ》して来《き》た。

「どうしたというの？」

とお母《かあ》さんは内所話《ないしょばなし》のような小《ちい》さな声《こえ》で、僕《ぼく》の両肩《りょうかた》をしっかり押《おさ》えて僕《ぼく》に聞《き》いた。

「大変《たいへん》なの……」

「大変《たいへん》なの、僕《ぼく》の部屋《へや》が火事《かじ》になったよう」といおうとしたが、どうしても

「大変《たいへん》なの」きりであとは声《こえ》が出《で》なかった。

お母《かあ》さんの手《て》は震《ふる》えていた。その手《て》が僕《ぼく》の手《て》を引《ひ》いて、僕《ぼく》の部屋《へや》の方《ほう》に行《い》ったが、開《あ》けっぱなしになっている襖《ふすま》の所《ところ》から火《ひ》が見《み》えたら、お母《かあ》さんはいきなり「あれえ」といって、僕《ぼく》の手《て》を振《ふ》りはなすなり、その部屋《へや》に飛《と》び込《こ》もうとした。僕《ぼく》はがむしゃらにお母《かあ》さんにかじりついた。その時《とき》お母《かあ》さんは始《はじ》めてそこに僕《ぼく》のいるのに気《き》がついたように、うつ向《む》いて僕《ぼく》の耳《みみ》の所《ところ》に口《くち》をつけて、

「早《はや》く早《はや》くお父《とう》さんをお起《おこ》しして、……それからお隣《となり》に行《い》って……お隣《となり》のおじさんを起《おこ》すんです、火事《かじ》ですって……いいかい、早《はや》くさ」

そんなことをお母《かあ》さんはいったようだった。

そこにお父《とう》さんも走《はし》って来《き》た。僕《ぼく》はお父《とう》さんには何《な》んにもいわないで、すぐ上《あが》り口《ぐち》に行《い》った。そこは真暗《まっくら》だった。裸足《はだし》で土間《どま》に飛《と》び下《お》りて、かきがねを外《はず》して戸《と》を開《あ》けることが出来《でき》た。すぐ飛《と》び出《だ》そうとしたけれども、裸足《はだし》だと足《あし》を怪我《けが》して恐《おそ》ろしい病気《びょうき》になるとお母《かあ》さんから聞《き》いていたから、暗闇《くらやみ》の中《なか》で

手《て》さぐりにさぐったら大《おお》きな草履《ぞうり》があったから、誰《だ》れのだか知《し》らないけれどもそれをはいて戸外《そと》に飛《と》び出《だ》した。戸外《そと》も真暗《まっくら》で寒《さむ》かった。普段《ふだん》なら気味《きみ》が悪《わる》くって、迚《とて》も夜中《よなか》にひとりで歩《ある》くことなんか出来《でき》ないのだけれども、その晩《ばん》だけは何《な》んともなかった。唯《ただ》何《なに》かにけつまずいてころびそうなので、思《おも》いきり足《あし》を高《たか》く上《あ》げながら走《はし》った。僕《ぼく》を悪者《わるもの》とでも思《おも》ったのか、いきなりポチが走《はし》って来《き》て、吠《ほ》えながら飛《と》びつこうとしたが、すぐ僕《ぼく》だと知《し》れると、僕《ぼく》の前《まえ》になったり後《あと》になったりして、門《もん》の所《ところ》まで追《お》っかけて来《き》た。而《そ》して僕《ぼく》が門《もん》を出《で》たら、暫《しば》らく僕《ぼく》を見《み》ていたが、すぐ変《へん》な啼《な》き声《ごえ》を立《た》てながら家《いえ》の方《ほう》に帰《かえ》っていってしまった。

僕《ぼく》も夢中《むちゅう》で駈《か》けた。お隣《とな》りのおじさんの門《もん》をたたいて、

「火事《かじ》だよう！」

と二三度《にさんど》怒鳴《どな》った。その次《つ》ぎの家《いえ》も起《おこ》す方《ほう》がいいと思《おも》って僕《ぼく》は次《つ》ぎの家《いえ》の門《もん》をたたいて又怒鳴《またどな》った。その次《つ》ぎにも行《い》った。その次《つ》ぎにも行《い》った。而《そ》して自分《じぶん》

の家《いえ》の方《ほう》を見《み》ると、さっきまで真暗《まっくら》だったのに、屋根《やね》の下《した》の所《ところ》あたりから、火《ひ》がちょろちょろと燃《も》え出《だ》していた。ぱちぱちと焚火《たきび》のような音《おと》も聞《き》こえていた。ポチの啼《な》き声《ごえ》もよく聞《き》こえていた。

僕《ぼく》の家《いえ》は町《まち》からずっと離《はな》れた高台《たかだい》に在《あ》る官舎町《かんしゃまち》にあったから、僕《ぼく》が「火事《かじ》だよう」といって歩《ある》いた家《いえ》は皆《み》んな知《し》った人《ひと》の家《いえ》だった。後《あと》を振《ふ》りかえって見《み》ると、二人三人《ふたりさんにん》ずつ黒《くろ》い人影《ひとかげ》が僕《ぼく》の家《いえ》の方《ほう》に走《はし》って行《い》くのが見《み》える。僕《ぼく》はそれが嬉《うれ》しくって、なおのこと、次《つ》ぎの家《いえ》から次《つ》ぎの家《いえ》へと怒鳴《どな》って歩《ある》いた。

二十軒位《にじゅっけんぐらい》もそうやって怒鳴《どな》って歩《ある》いたら、自分《じぶん》の家《いえ》からは随分遠《ずいぶんとお》くに来《き》てしまっていた。少《すこ》し気味《きみ》が悪《わる》くなって僕《ぼく》は立《た》ちどまってしまった。而《そ》してもう一度家《いちどいえ》の方《ほう》を見《み》た。もう火《ひ》は大分燃《だいぶも》え上《あが》って、そこいらの樹《き》や板塀《いたべい》なんかがはっきりと画《え》に描《か》いたように見《み》えた。風《かぜ》がないので、火《ひ》は真直《まっすぐ》に上《うえ》の方《ほう》に燃《も》えて、火《ひ》の子《こ》が空《そら》の方《ほう》に高《たか》く上《あが》って行《い》った。ぱちぱちという音《おと》の外《ほか》に、ぱんぱんと鉄《てっ》砲《ぽう》を打《う》つような音《おと》も聞《き》こえていた。立《た》ちどまって見《み》ると、僕《ぼく》の体《からだ》はぶるぶる震《ふる》えて、膝小僧《ひざこぞう》と下腭《したあご》とががちがち音《おと》を立《た》てるかと思《おも》うほどだった。急《きゅう》に家《いえ》が恋《こい》しくなった。お婆《ばあ》さまも、お父《とう》さんも、お母《かあ》さんも、妹《いもうと》や弟《おとうと》たちも如何《どう》しているだろうと思《おも》うと、もう迚《とて》もその先《さ》きまで怒鳴《どな》って歩《ある》く気《き》にはなれないで、いきなり来《き》た道《みち》を夢中《むちゅう》で走《はし》り出《だ》した。走《はし》りながらも僕《ぼく》は燃《も》え上《あが》る火《ひ》から眼《め》をはなさなかった。真暗《まっく》らななかに、僕《ぼく》の家《いえ》だけが焚火《たきび》のように明《あか》るかった。顔《かお》までが火照《ほて》ってるようだった。何《なに》か大《おお》きな声《こえ》でわめき合《あ》う人《ひと》の声《こえ》がした。而《そ》してポチの気違《きちが》いのように啼《な》く声《こえ》が。

町《まち》の方《ほう》からは半鐘《はんしょう》も鳴《な》らないし、ポンプも来《こ》ない。僕《ぼく》はもう家《いえ》はすっかり焼《や》けてしまうと思《おも》った。明日《あす》からは何《なに》を喰《た》べて、何処《どこ》に寝《ね》るのだろうと思《おも》いながら、早《はや》く皆《み》んなの顔《かお》が見《み》たさに一生懸命《いっしょうけんめい》に走《はし》った。

家《いえ》の少《すこ》し手前《てまえ》で、僕《ぼく》は一人《ひとり》の大《おお》きな男《おとこ》がこっちに走《はし》って来《く》るのに遇《あ》った。よく見《み》るとその男《おとこ》は、僕《ぼく》の妹《いもうと》と弟《おとうと》とを両脇《りょうわき》にしっかりとかかえていた。妹《いもうと》も弟《おとうと》も大《おお》きな声《こえ》を出《だ》して泣《な》いていた。僕《ぼく》はいきなりその大《おお》きな男《おとこ》を人《ひと》さらいだと思《おも》った。官舎町《かんしゃまち》の後《うし》ろは山《やま》になっていて、大《おお》きな森《もり》の中《なか》の古寺《こじ》に一人《ひとり》の乞食《こじき》が住《す》んでいた。僕《ぼく》たちが戦《いくさ》ごっこをしに山《やま》に遊《あそ》びに行《い》って、その乞食《こじき》を遠《とお》くにでも見付《みつ》けたら最後《さいご》、大急《おおいそ》ぎで、「人《ひと》さらいが来《き》たぞ」といいながら逃《に》げるのだった。その乞食《こじき》の人《ひと》はどんなことがあっても駈《か》けるということをしないで、襤褸《ぼろ》を引《ひ》きずったまま、のそりのそりと歩《ある》いていたから、それに捕《とら》えられる気遣《きづか》いはなかったけれども、遠《とお》くの方《ほう》から僕《ぼく》たちの逃《に》げるのを見《み》ながら、牛《うし》のような声《こえ》でおどかすことがあった。僕達《ぼくたち》はその乞食《こじき》を何《なに》よりも怖《こ》わがった。僕《ぼく》はその乞食《こじき》が妹《いもうと》と弟《おとうと》とをさらって行《い》くのだと思《おも》ったのだ。うまいことにはその人《ひと》は僕《ぼく》のそこにいるのには気《き》がつかない程《ほど》あわてていたと見《み》えて、知《し》らん顔《かお》をして、僕《ぼく》のそばを通《とお》りぬけて行《い》った。僕《ぼく》はその人《ひと》をやりすごして、少《すこ》しの間如何《あいだどう》しようかと思《おも》っていたが、妹《いもうと》や弟《おとうと》のいどころが知《し》れなくなってしまっては大変《たいへん》だと気《き》がつくと、家《いえ》に帰《かえ》るのはやめて、大急《おおいそ》ぎでその男《おとこ》のあとを追《お》いかけた。その人《ひと》の足《あし》は本当《ほんとう》に早《はや》かった。はいている大《おお》きな草履《ぞうり》が邪魔《じゃま》になって脱《ぬ》ぎ捨《す》てたくなる程《ほど》だった。

　その人《ひと》は、大《おお》きな声《こえ》で泣《な》きつづけている妹《いもうと》たちを小脇《こわき》にかかえたまま、どんどん石垣《いしがき》のある横町《よこちょう》へと曲《まが》って行《い》くので、僕《ぼく》は段々《だんだん》気味《きみ》が悪《わる》くなって来《き》たけれども、火事《かじ》どころの騒《さわ》ぎではないと思《おも》って、頬《ほお》かぶりをして尻《しり》をはしょったその人《ひと》の後《うし》ろから、気《き》づかれないようにくっついて行《い》った。そうしたらその人《ひと》はやがて橋本《はしもと》さんという家《いえ》の高《たか》い石段《いしだん》をのぼり始《はじ》めた。見《み》るとその石段《いしだん》の上《うえ》には、橋本《はしもと》さんの人《ひと》たちが大勢《おおぜい》立《た》って、僕《ぼく》の家《いえ》の方《ほう》を向《む》いて火事《かじ》を眺《なが》めていた。そこにその乞食《こじき》らしい人《ひと》がのぼって行《い》くのだから、僕《ぼく》は少《すこ》し変《へん》だとおもった。そうすると橋本《はしもと》のおばさんが、上《うえ》からいきなりその男《おとこ》の人《ひと》に声《こえ》をかけた。

「あなた帰《かえ》っていらしったんですか……ひどくなりそうですね」

　そうしたら、その乞食《こじき》らしい人《ひと》が、

「子供《こども》さんたちがけんのんだから連《つ》れて来《き》たよ。竹男《たけお》さんだけは何処《どこ》に行《い》ったかどうも見《み》えなんだ」

と妹《いもうと》や弟《おとうと》を軽々《かるがる》とかつぎ上《あ》げながらいった。何《な》んだ。乞食《こじき》じゃなかったんだ。橋本《はしもと》のおじさんだったんだ。僕《ぼく》はすっかり嬉《うれ》しくなってしまって、すぐ石段《いしだん》を上《のぼ》って行《い》った。

「あら、竹男《たけお》さんじゃありませんか」

と眼早《めばや》く僕《ぼく》を見《み》つけてくれたおばさんがいった。橋本《はしもと》さんの人《ひと》たちは家中《いえじゅう》で僕達《ぼくたち》を家《いえ》の中《なか》に連《つ》れこんだ。家《いえ》の中《なか》には灯火《あかり》がかんかんついていて、真暗《まっく》らなところを長《なが》い間《あいだ》歩《ある》いていた僕《ぼく》には大変《たいへん》うれしかった。寒《さむ》いだろうといって、葛湯《くずゆ》をつくったり、丹前《たんぜん》を着《き》せたりしてくれた。そうしたら僕《ぼく》は何《な》んだか急《きゅう》に悲《かな》しくなった。家《いえ》にはいってから泣《な》きやんでいた妹《いもうと》たちも、僕《ぼく》がしくしく泣《な》き出《だ》すと一緒《いっしょ》になって大《おお》きな声《こえ》を出《だ》しはじめた。

僕《ぼく》たちはその家《いえ》の窓《まど》から、ぶるぶる震《ふる》えながら、自分《じぶん》の家《いえ》の焼《や》けるのを見《み》て夜《よ》を明《あ》かした。僕《ぼく》たちをおくとすぐ又出《またで》かけて行《い》った橋本《はしもと》のおじさんが、びっしょり濡《ぬ》れて、泥《どろ》だらけになって、人《ひと》ちがいがする程顔《ほどかお》がよごれて帰《かえ》って来《き》た頃《ころ》には、夜《よる》がすっかり明《あ》けはなれて、僕《ぼく》の家《いえ》の所《ところ》からは黒《くろ》い烟《けむり》と白《しろ》い煙《けむり》とが別々《べつべつ》になって、よじれ合《あ》いながらもくもくと立《た》ち上《のぼ》っていた。

「安心《あんしん》なさい。母屋《おもや》は焼《や》けたけれども離《はな》れだけは残《のこ》って、お父《とう》さんもお母《かあ》さんも皆《み》んな怪我《けが》はなかったから……その中《うち》に連《つ》れて帰《かえ》って上《あ》げるよ。今朝《けさ》の寒《さむ》さは格別《かくべつ》だ。この一面《いちめん》の霜《しも》はどうだ」

といいながら、おじさんは井戸《いど》ばたに立《た》って、あたりを眺《なが》めまわしていた。本《ほん》当《とう》に井戸《いど》がわまでが真白《まっしろ》になっていた。

橋本《はしもと》さんで朝御飯《あさごはん》の御馳走《ごちそう》になって、太陽《たいよう》が茂木《もぎ》の別荘《べっそう》の大《おお》きな槙《まき》の木《き》の上《うえ》に上《のぼ》った頃《ころ》、僕《ぼく》たちはおじさんに連《つ》れられて家《いえ》に帰《かえ》った。

いつの間《ま》に、どこからこんなに来《き》たろうと思《おも》うほど大勢《おおぜい》の人《ひと》が喧嘩腰《けんかごし》になって働《はたら》いていた。何処《どこ》から何処《どこ》まで大雨《おおあめ》のあとのようにびしょびしょなので、草《ぞう》履《り》がすぐ重《おも》くなって足《あし》の裏《うら》が気味悪《きみわる》く濡《ぬ》れてしまった。

離《はな》れに行《い》ったら、これがお婆《ばあ》さまか、これがお父《とう》さんか、これがお母《かあ》さんかと驚《おどろ》くほどに皆《み》んな変《かわ》っていた。お母《かあ》さんなんかは一度《いちど》も見《み》たことのないような変《へん》な着物《きもの》を着《き》て、髪《かみ》の毛《け》なんかは目茶苦茶《めちゃくちゃ》になって、顔《かお》も手《て》も燻《くす》ぶったようになっていた。僕《ぼく》たちを見《み》るといきなり駈《か》けよって来《き》て、三人《さんにん》を胸《むね》のところに抱《だ》きしめて、顔《かお》を僕《ぼく》たちの顔《かお》にすり附《つ》けてむせるように泣《な》きはじめた。僕《ぼく》たちはすこしきびが悪《わる》く思《おも》った位《くらい》だった。

変《かわ》ったといえば家《いえ》の焼《や》け跡《あと》の変《かわ》りようもひどいものだった。黒《くろ》こげの材木《ざいもく》が、積木《つみき》をひっくり返《かえ》したように重《かさ》なりあって、そこから煙《けむ》りが臭《くさ》いにおいと一緒《いっしょ》にやって来《き》た。そこいらが広《ひろ》くなって、何《な》んだかそれを見《み》るとお母《かあ》さんじゃないけれども涙《なみだ》が出《で》て来《き》そうだった。

半分焦《はんぶんこ》げたり、びしょびしょに濡《ぬ》れたりした焼《や》け残《のこ》りの荷物《にもつ》と一緒《いっしょ》に、僕《ぼく》たち六人《ろくにん》は小《ちい》さな離《はな》れで暮《くら》すことになった。御飯《ごはん》は三度三度《さんどさんど》官舎《かんしゃ》の人《ひと》たちが作《つく》って来《き》てくれた。熱《あつ》い握《にぎ》り飯《めし》はうまかった。胡麻《ごま》のふってあるのや、中《なか》から梅干《うめぼし》の出《で》て来《く》るのや、海苔《のり》でそとが包《つつ》んであるのや……こんなおいしい御飯《ごはん》は食《た》べたことがないと思《おも》う程《ほど》だった。

火《ひ》は泥坊《どろぼう》がつけたのらしいということがわかった。井戸《いど》のつるべ縄《なわ》が切《き》ってあって水《みず》を汲《く》むことが出来《でき》なくなっていたのと、短刀《たんとう》が一本火《いっぽんひ》に焼《や》けて焼《や》け跡《あと》から出《で》て来《き》たので、泥坊《どろぼう》でもするような人《ひと》のやったことだと警察《けいさつ》の人《ひと》が来《き》て見《み》込《こ》みをつけた。それを聞《き》いてお母《かあ》さんはようやく安心《あんしん》が出来《でき》たといった。お父《とう》さんは二三日《にさんにち》の間《あいだ》、毎日警察《まいにちけいさつ》に呼《よ》び出《だ》されて、始終腹《しじゅうはら》を立《た》てていた。お婆《ばあ》さまは、自分《じぶん》の部屋《へや》から火事《かじ》が出《で》たのを見《み》つけ出《だ》した時《とき》は、あんまり仰天《ぎょうてん》して口《くち》がきけなくなったのだそうだけれども、火事《かじ》がすむとやっと物《もの》がいえるようになった。そのかわり、少《すこ》し病気《びょうき》になって、狭《せま》い部屋《へや》の片隅《かたすみ》に床《とこ》を取《と》ってねたきりになっていた。

僕《ぼく》たちは、火事《かじ》のあった次《つ》ぎの日《ひ》からは、いつもの通《とお》りの気持《きも》ちになった。それればかりではない、却《かえ》って普段《ふだん》より面白《おもしろ》い位《くらい》だった。毎日三人《まいにちさんにん》で焼《や》け跡《あと》に出《で》かけていって、人足《にんそく》の人《ひと》なんかに邪魔《じゃま》だ、あぶないといわれながら、色々《いろいろ》なものを拾《ひろ》い出《だ》して、銘々《めいめい》で見《み》せあったり、取《と》りかえっこをしたりした。

火事《かじ》がすんでから三日目《みっかめ》に、朝眼《あさめ》をさますとお婆《ばあ》さまがあわてるようにポチは如何《どう》したろうとお母《かあ》さんに尋《たず》ねた。お婆《ばあ》さまはポチがひどい目《め》にあった夢《ゆめ》を見《み》たのだそうだ。あの犬《いぬ》が吠《ほ》えてくれたばかりで、火事《かじ》が起《おこ》ったのを知《し》ったので、若《も》しポチが知《し》らしてくれなければ焼《や》け死《し》んでいたかも知《し》れないとお婆《ばあ》さまはいった。

そういえば本当《ほんとう》にポチはいなくなってしまった。朝起《あさお》きた時《とき》にも、焼《や》け跡《あと》に遊《あそ》びに行《い》ってる時《とき》にも、何《な》んだか一《ひと》つ足《た》らないものがあるようだったが、それはポチがいなかったんだ。僕《ぼく》がおこしに行《い》く前《まえ》に、ポチは離《はな》れに来《き》て、雨戸《あまど》をがりがり引《ひ》っ掻《か》きながら、悲《かな》しそうに吠《ほ》えたので、お父《とう》さんもお母《かあ》さんも眼《め》をさましていたのだとお母《かあ》さんもいった。そんな忠義《ちゅうぎ》なポチがいなくなったのを、僕《ぼく》たちは皆《み》んな忘《わす》れてしまっていたのだ。ポチのことを思《おも》い出《だ》したら、僕《ぼく》は急《きゅう》に淋《さび》しくなった。ポチは、妹《いもうと》と弟《おとうと》とをのければ、僕《ぼく》の一番好《いちばんす》きな友達《ともだち》なんだ。居留地《きょりゅうち》に住《す》んでいるお父《とう》さんの友達《ともだち》の西洋人《せいようじん》がくれた犬《いぬ》で、耳《みみ》の長《なが》い、尾《お》のふさふさした大《おお》きな犬《いぬ》。長《なが》い舌《した》を出《だ》してぺろぺろと僕《ぼく》や妹《いもうと》の頸《くび》の所《ところ》を舐《な》めて、くすぐったがらせる犬《いぬ》、喧嘩《けんか》ならどの犬《いぬ》にだって負《ま》けない犬《いぬ》、滅多《めった》に吠《ほ》えない犬《いぬ》、吠《ほ》えると人《ひと》でも馬《うま》でも怖《こわ》がらせる犬《いぬ》、僕《ぼく》たちを見《み》るときっと笑《わら》いながら駈《か》けつけて来《き》て飛《と》びつく犬《いぬ》、芸当《げいとう》は何《な》んにも出来《でき》ない癖《くせ》に、何《な》んだか可愛《かあ》いい犬《いぬ》、芸当《げいとう》をさせようとすると、恥《はず》かしそうに横《よこ》を向《む》いてしまって、大《おお》きな眼《め》を細《ほそ》くする犬《いぬ》。どうして僕《ぼく》はあの大事《だいじ》な友達《ともだち》がいなくなったのを今日《きょう》まで思《おも》い出《だ》さずにいたろうと思《おも》った。

僕《ぼく》は淋《さび》しいばかりじゃない、口惜《くや》しくなった。妹《いもうと》と弟《おとうと》とにそういって、すぐポチを捜《さが》しはじめた。三人《さんにん》で手分《てわ》けをして庭《にわ》に出《で》て、大《おお》きな声《こえ》で「ポチ……ポチ……ポチ来《こ》い来《こ》い」と呼《よ》んで歩《ある》いた。官舎町《かんしゃまち》を一軒一軒《いっけんいっけん》聞《き》いて歩《ある》いた。ポチが来《き》てはいませんか。いません。何処《どこ》かで見《み》ませんでしたか。見《み》ません。どこでもそういう返事《へんじ》だった。僕《ぼく》たちは腹《はら》もすかなくなってしまった。御飯《ごはん》だといって、女中《じょちゅう》が呼《よ》びに来《き》たけれども帰《かえ》らなかった。茂木《もぎ》の別荘《べっそう》の方《ほう》から、乞食《こじき》の人《ひと》が住《す》んでいる山《やま》の森《もり》の方《ほう》へも行《い》った。而《そ》して時々大《ときどきおお》きな声《こえ》を出《だ》してポチの名《な》を呼《よ》んで見《み》た。而《そ》して立《た》ち停《ど》まって聞《き》いていた。大急《おおいそ》ぎで駈《か》けて来《く》るポチの足音《あしおと》が聞《き》こえやしないかと思《おも》って。けれどもポチの姿《すがた》も、足音《あしおと》も、啼《な》き声《ごえ》も聞《き》こえては来《こ》なかった。

「ポチがいなくなって可哀《かあい》そうねえ。殺《ころ》されたんだわ。きっと」

と妹《いもうと》は、淋《さび》しい山道《やまみち》に立《た》ちすくんで泣《な》き出《だ》しそうな声《こえ》を出《だ》した。本当《ほんとう》にポチが殺《ころ》されるか盗《ぬす》まれでもしなければいなくなってしまう訳《わけ》がないんだ。でもそんなことがあってたまるものか。あんなに強《つよ》いポチが殺《ころ》される気遣《きづか》いは滅多《めった》にないし、盗《ぬす》もうとする人《ひと》が来《き》たら噛《か》みつくに決《きま》っている。どうしたんだろうなあ。いやになっちまうなあ。……僕《ぼく》は腹《はら》が立《た》って来《き》た。而《そ》して妹《いもうと》にいってやった。

「もとはっていえばお前《まえ》が悪《わる》いんだよ。お前《まえ》がいつか、ポチなんていやな犬《いぬ》、あっち行《い》けっていったじゃないか」

「あら、それは冗談《じょうだん》にいったんだわ」

「冗談《じょうだん》だっていけないよ」

「それでポチがいなくなったんじゃないことよ」

「そうだい……そうだい。それじゃ何故《なぜ》いなくなったんだか知《し》ってるかい……

そうれ見《み》ろ」

「あっちに行《い》けっていったって、ポチは何処《どこ》にも行《い》きはしなかったわ」

「そうさ。それはそうさ……ポチだってどうしようかって考《かんが》えていたんだい」

「でも兄《にい》さんだってポチをぶったことがあってよ」

「ぶちなんてしませんよだ」

「いいえ、ぶってよ本当《ほんとう》に」

「ぶったっていいやい……ぶったって」

ポチが僕《ぼく》の汽車《きしゃ》の玩具《おもちゃ》を目茶苦茶《めちゃくちゃ》に毀《こわ》したから、ポチがきゃんきゃんという程《ほど》ぶったことがあった。……それを妹《いもうと》にいわれたら、何《な》んだかそれがもとでポチがいなくなったようにもなって来《き》た。でも僕《ぼく》はそう思《おも》うのはいやだった。どうしても妹《いもうと》が悪《わる》いんだと思《おも》った。妹《いもうと》が憎《にく》らしくなった。

「ぶったって僕《ぼく》はあとで可愛《かあい》がってやったよ」

「私《わたし》だって可愛《かあい》がってよ」

妹《いもうと》が山《やま》の中《なか》でしくしく泣《な》き出《だ》した。そうしたら弟《おとうと》まで泣《な》き出《だ》した。僕《ぼく》も一緒《いっしょ》に泣《な》きたくなったけれども、口惜《くや》しいから我慢《がまん》していた。

何《な》んだか山《やま》の中《なか》に三人《さんにん》きりでいるのが急《きゅう》に怖《こわ》いように思《おも》えて来《き》た。そこに女中《じょちゅう》が僕《ぼく》たちを捜《さが》しに来《き》て、家《いえ》では僕《ぼく》たちが見《み》えなくなったので心配《しんぱい》しているから早《はや》く帰《かえ》れといった。女中《じょちゅう》を見《み》たら妹《いもうと》も弟《おとうと》も急《きゅう》に声《こえ》を張《は》り上《あ》げて泣《な》き出《だ》した。僕《ぼく》もとうとうむやみに悲《かな》しくなって泣《な》き出《だ》した。而《そ》して女中《じょちゅう》に連《つ》れられて家《いえ》に帰《かえ》って来《き》た。

「まああなた方《がた》は何処《どこ》をうろついていたんです、御飯《ごはん》も喰《た》べないで……而《そ》して三人《さんにん》ともそんなに泣《な》いて……」

とお母《かあ》さんは本当《ほんとう》に怒《おこ》ったような声《こえ》でいった。而《そ》して握《にぎ》り飯《めし》を出《だ》してくれた。それを見《み》たら急《きゅう》に腹《はら》がすいて来《き》た。今《いま》まで泣《な》いていて、すぐそれを喰《た》べるのは少《すこ》し恥《はず》かしかったけれども、すぐ喰《た》べはじめた。

そこに、焼《や》け跡《あと》で働《はたら》いている人足《にんそく》が来《き》て、ポチが見《み》つかったと知《し》らせてくれた。僕《ぼく》たちもだったけれども、お婆《ばあ》さまやお母《かあ》さんまで、大騒《おおさわ》ぎをして「何処《どこ》にいました」と尋《たず》ねた。

「ひどい怪我《けが》をして物置《ものお》きのかげにいました」

と人足《にんそく》の人《ひと》はいって、すぐ僕《ぼく》たちを連《つ》れていってくれた。僕《ぼく》は握《にぎ》り飯《めし》を放《ほう》り出《だ》して、手《て》についてる御飯粒《ごはんつぶ》を着物《きもの》で払《はら》い落《お》としながら、大急《おおいそ》ぎでその人《ひと》のあとから駈《か》け出《だ》した。妹《いもうと》や弟《おとうと》も負《ま》けず劣《おと》らずついて来《き》た。

半焼《はんや》けになった物置《ものお》きが平《ひら》べったく倒《たお》れている、その後《うし》ろに三四人《さんよにん》の人足《にんそく》がかこんでいた、僕《ぼく》たちを迎《むか》えに来《き》てくれた人足《にんそく》はその仲間《なかま》の所《ところ》にいって、「おいちょっとそこを退《ど》きな」といったら皆《み》んな立《た》ち上《あが》った。そこにポチが丸《まる》まって寝《ね》ていた。

僕《ぼく》たちは夢《む》中《ちゅう》になって「ポチ」と呼《よ》びながら、ポチのところに行《い》った。ポチは身《み》動《うご》きもしなかった。僕《ぼく》たちはポチを一《ひ》目《め》見《み》て驚《おどろ》いてしまった。体中《からだじゅう》を焼傷《やけど》したと見《み》えて、ふさふさしていた毛《け》が処々《ところどころ》狐色《きつねいろ》に焦《こ》げて、泥《どろ》が一《いっ》ぱいこびりついていた。而《そ》して頭《あたま》や足《あし》には血《ち》が真《ま》っ黒《くろ》になってこびりついていた。ポチだかどこの犬《いぬ》だか分《わか》らない程穢《ほどきた》なくなっていた、駈《か》けこんでいった僕《ぼく》は思《おも》わず後《あと》じさりした。ポチは僕《ぼく》たちの来《き》たのを知《し》ると、少《すこ》し頭《あたま》を上《あ》げて血走《ちばし》った眼《め》で悲《かな》しそうに僕《ぼく》たちの方《ほう》を見《み》た。而《そ》して前脚《まえあし》を動《うご》かして立《た》とうとしたが、どうしても立《た》てないで、そのままねころんでしまった。

「可哀《かあい》そうに、落《お》ちて来《き》た材木《ざいもく》で腰《こし》っ骨《ぽね》でもやられたんだろう」

「何《なに》しろ一晩中《ひとばんじゅう》きゃんきゃんいって火《ひ》のまわりを飛《と》び歩《ある》いていたから、疲《つか》れもしたろうよ」

「見《み》や、あすこからあんなに血《ち》が流《なが》れてらあ」

人足《にんそく》たちが口々《くちぐち》にそんなことをいった。本当《ほんとう》に血《ち》が出《で》ていた。左《ひだり》の後脚《あとあし》のつけ根《ね》の所《ところ》から血《ち》が流《なが》れて、それが地面《じめん》までこぼれていた。

「いたわってやんねえ」

「俺《おれ》れゃいやだ」

そんなことをいって、人足《にんそく》たちも看病《かんびょう》してやる人《ひと》はいなかった。僕《ぼく》は何《な》んだか気味《きみ》が悪《わる》かったけれども、あんまり可哀《かあい》そうなので、怖々遠《こわごわとお》くから頭《あたま》を撫《な》でてやったら、鼻《はな》の先《さ》きを震《ふる》わしながら、眼《め》をつぶって頭《あたま》をもち上《あ》げた。それを見《み》たら僕《ぼく》は穢《きた》ないのも気味《きみ》の悪《わる》いのも忘《わす》れてしまって、いきなりそのそばに行《い》って頭《あたま》を抱《かか》えるようにして可愛《かあい》がって可愛《かあい》がってやった。何故《なぜ》こんな可愛《かあ》いい友達《ともだち》を一度《いちど》でもぶったろうと思《おも》って、もうポチがどんなことをしてもぶつなんて、そんなことはしまいと思《おも》った。ポチはおとなしく眼《め》をつぶったままで僕《ぼく》の方《ほう》に頭《あたま》を寄《よ》せかけて来《き》た。体中《からだじゅう》がぶるぶる震《ふる》えているのがわかった。

妹《いもうと》や弟《おとうと》もポチのまわりに集《あつ》まって来《き》た。その中《うち》にお父《とう》さんもお母《かあ》さんも来《き》た。僕《ぼく》はお父《とう》さんに手伝《てつだ》って、バケツで水《みず》を運《はこ》んで来《き》て、綺麗《きれい》な白《しろ》い切《き》れで静《しず》かに泥《どろ》や血《ち》を洗《あら》い落《お》としてやった。痛《いた》い所《ところ》を洗《あら》ってやる時《とき》には、ポチはそこに鼻先《はなさき》を持《も》って来《き》て、洗《あら》う手《て》を押《お》し退《の》けようとした。

「よしよし静《しず》かにしていろ。今綺麗《いまきれい》にして傷《きず》をなおしてやるからな」

お父《とう》さんが人間《にんげん》に物《もの》をいうように優《やさ》しい声《こえ》でこういったりした。お母《かあ》さんは人《ひと》に知《し》れないように泣《な》いていた。

よくふざけるポチだったのにもうふざけるなんて、そんなことはちっともしなくなった。それが僕《ぼく》には可哀《かあい》そうだった。体《からだ》をすっかり拭《ふ》いてやったお父《とう》さんが、怪我《けが》がひどいから犬《いぬ》の医者《いしゃ》を呼《よ》んで来《く》るといって出《で》かけて行《い》った留守《るす》に、僕《ぼく》は妹《いもうと》たちに手伝《てつだ》ってもらって、藁《わら》で寝床《ねどこ》を作《つく》ってやった。而《そ》してタオルでポチの体《からだ》をすっかり拭《ふ》いてやった。ポチを寝床《ねどこ》の上《うえ》に臥《ね》かしかえようとしたら、痛《いた》いと見《み》えて、はじめてひどい声《こえ》を出《だ》して啼《な》きながら噛《か》みつきそうにした。人《にん》夫《ぷ》たちも親切《しんせつ》に世話《せわ》してくれた。而《そ》して板《いた》きれでポチのまわりに囲《かこ》いをしてくれた。冬《ふゆ》だから、寒《さむ》いから、毛《け》が濡《ぬ》れていると随分寒《ずいぶんさむ》いだろうと思《おも》った。

医者《いしゃ》が来《き》て薬《くすり》を塗《ぬ》ったり飲《の》ませたりしてからは人足《にんそく》たちもお母《かあ》さんも行《い》ってしまった。弟《おとうと》も寒《さむ》いからというのでお母《かあ》さんに連《つ》れて行《い》かれてしまった。けれどもお父《とう》さんと僕《ぼく》と妹《いもうと》とはポチの傍《そば》を離《はな》れないで、じっとその様子《ようす》を見《み》ていた。お母《かあ》さんが女中《じょちゅう》に牛乳《ぎゅうにゅう》で煮《に》たお粥《かゆ》を持《も》って来《こ》させた。ポチは喜《よろこ》んでそれを喰《た》べてしまった。火事《かじ》の晩《ばん》から三日《みっか》の間《あいだ》ポチは何《な》んにも喰《た》べずに辛抱《しんぼう》していたんだもの、さぞお粥《かゆ》がうまかったろう。

ポチはじっと丸《まる》まって震《ふる》えながら眼《め》をつぶっていた。眼頭《めがしら》の所《ところ》が涙《なみだ》で始終《しじゅう》濡《ぬ》れていた。而《そ》して時々細《ときどきほそ》く眼《め》を開《あ》いて僕《ぼく》たちをじっと見《み》ると又睡《またねむ》った。

いつの間《ま》にか寒《さむ》い寒《さむ》い夕方《ゆうがた》が来《き》た。お父《とう》さんがもう大丈夫《だいじょうぶ》だから家《いえ》にはいろうといったけれども僕《ぼく》はいるのがいやだった。夜《よ》どおしでもポチと一緒《いっしょ》にいてやりたかった。お父《とう》さんは仕方《しかた》なく寒《さむ》い寒《さむ》いといいながら一人《ひとり》で行《い》ってしまった。

僕《ぼく》と妹《いもうと》だけがあとに残《のこ》った。

あんまりよく睡《ね》るので死《し》ぬんではないかと思《おも》って、小《ちい》さな声《こえ》で「ポチや」というとポチは面倒《めんどう》くさそうに眼《め》を開《ひら》いた。而《そ》して少《すこ》しだけ尻尾《しっぽ》をふって見《み》せた。

とうとう夜《よる》になってしまった。夕御飯《ゆうごはん》でもあるし、風邪《かぜ》をひくと大変《たいへん》だからといってお母《かあ》さんが無理《むり》に僕《ぼく》たちを連《つ》れに来《き》たので、僕《ぼく》と妹《いもうと》とはポチの頭《あたま》をよく撫《な》でてやって家《いえ》に帰《かえ》った。

次《つ》ぎの朝《あさ》に眼《め》をさますと、僕《ぼく》は着物《きもの》も着《き》かえないでポチの所《ところ》に行《い》って見《み》た。お父《とう》さんがポチのわきにしゃがんでいた。而《そ》して、

「ポチは死《し》んだよ」

といった。

ポチは死《し》んでしまった。

ポチのお墓《はか》は今《いま》でも、あの乞食《こじき》の人《ひと》の住《す》んでいた、森《もり》の中《なか》の寺《てら》の庭《にわ》にあるか知《し》らん。

解説のような……

有島記念館　主任学芸員　伊藤　大介

有島の童話に対する想い

有島武郎は、四十五年という短い生涯に八編の童話を残している。うち二編（「燕と王子」「真夏の頃」）は翻訳であるから、有島の創作童話作品は六編ということになる。その六編の発表時期は、本文庫の標題作「一房の葡萄」が一九二〇年、「碁石を呑んだ八っちゃん」「溺れかけた兄妹」が二一年、「片輪者」「僕の帽子のお話」「火事とポチ」が死の前年に当たる二二年であり、晩年に集中して発表されている。

この頃は、ちょうど有島の代表作と評される小説「或る女」を一九一九年に書き上げた後から、創作力、想像力の減退を感じて長編小説執筆ができずに悩んでいた時期に当たる。有島はその創作力減退の原因を自らの裕福な生活にあると考え、財産放棄など「生活改造」を行いつつあった。

このように考えると、短編である童話作品は長編を執筆できない埋め合わせの仕事ともみてとれる。しかし、そのような問題だけでは収まらない有島の童話に対する考えがある。有島は、父・武《たけし》から二〇世紀に重要になる問題は何かと問われ、「労働問題と婦人問題と小児問題」とこたえたという（一九〇〇年代に入った頃＝二〇世紀の初頭の問答であろう）。その後の歴史を見れば、有島の先見性が見てとれる。そして、ここに「小児問題」をあげていることは、これら創作童話が「埋め合わせ」とは決して言えない、有島が自らの問題意識の発露の一端として書いたものと考えられる。

有島が童話創作の考え方について記した雑誌記事を引用すると、

子供に読ますものとしては子供の心持を標準として書いたものがない様に思へたので書き始めたのです。私の記憶によつても大人のする事でどうしても子供時代の私の心持とそぐわないと思ふ事が度々あつた。そんな時子供の心持に同情者となつてくれるものがなかつた。

とあり、子どもの目線を大切にしながら「子どもの物語世界」を指向して執筆したことがわかる。鈴木三重吉による児童文学雑誌『赤い鳥』が一九一八年に刊行され、近代児童文学が勃興した時期にあたり、有島もその創刊号には賛意を示している。

なお「一房の葡萄」は、有島が一九二〇年の『赤い鳥』に提供し、その後、「火事とポチ」を除いた本文庫所収各作品をあわせ、二二年に叢文閣から単行本『一房の葡萄』として刊行した。

この単行本について触れると、同書の挿絵とブックデザインは有島自らが手がけ、有島の多才な一面を垣間見ることができるものである。

同単行本の冒頭には、自分の息子三人への献辞が刷り込まれている。有島は、同書が自宅に届いた日のことを日記に残している。その日、帰宅して息子達が静かだと思ったら、熱心にこの本を読んでいてくれたので、大変嬉しかったと感想を記している。有島は、この様子からも、自らの創作の企てがうまくいったことに満足したのではないだろうか。

「総ルビ本」に対する想い

私事になるが、小学生の頃、身近に不思議なお婆さんがいた。生まれ年はちょうど、有島武郎が没した頃合いだったと記憶する。彼女が書いた文章にあるのはほぼ平仮名と片仮名だけ。家庭の事情で初等教育もまともに受けていないという。しかし、読む方になるとかなり難しい漢字も教えてくれた。そのチグハグさが、私の記憶に妙に残っている。ある時、こう聞いてみた。

「何で漢字は読めるのに、（漢字を）書けないの」

「昔は新聞でも何でも、漢字にはふりがながついてたから見てると覚えたのさぁ」

そうなのか。その後、私は漢字学習をおろそかにしたばかりに、読書習慣は随分と遠回りでやってきた。つくづく、昔の新聞のように全ての漢字にふりがながふってある本が多くあれば遠回りせずに済んだのにと時代をうらんだ。

それはさておき、有島記念館には児童、生徒も見学にきてくれる。あるとき、中学生に有島の童話を見せて読んでみないかと問いかけた。

「こんな真っ黒いページの本読めないよ」

要は、有島作品は童話であれど漢字が多いらしく、ページが「黒く」見え、読む気が起きないとのこと。

そうか、それを解消しよう。ということでこの本は、本文の漢字にはふりがな(総ルビ)となった。『一房の葡萄』だって初めて出たときは総ルビ本である。ただ、文中には今では使われていない言葉や単語があり、その扱いには悩んだ。漢字をどう読むかの問題は解消したが、次は言葉の意味で足踏みしては同じではないか。だが、脚注をつけるにしても、物語からは一旦離れてしまう。それなら、読者自ら辞書をひく(ネット検索する)ことをしてもらっても良いのではないだろうかと考えた。辞書をひくことでも、同じ言葉の違う意味を知ることもでき、この遠回りの経験がいずれは読書を楽しく、深いものにしてくれると信じて……。

有島武郎の著作が「紙の本」で出るということへの想い

二〇二三年、有島武郎が没後百年を迎えた。マスコミに大々的に取り上げられることも、記念事業を望む声があがることもなく世の中に忘れ去られつつある作家という印象をさらに強めた。

だが、有島の作品や思想を今を生きる人々に知ってもらうための打ち上げ花火は各地で上がった。有島家の出身地・鹿児島県にある、「かごしま近代文学館」での大規模な有島回顧展と俳優・本郷弦氏による朗読劇上演、薩摩川内市の「川内まごころ文学館」での展覧会、北海道ニセコ・有島記念館での有島ゆかりの地の文学館学芸職員による連続講演会など。

なかでも一番大きい取り組みをしてくれたのが、中西出版の絵本『ひとふさのぶどう』（え・なかいれい、ぶん・けーたろう）、そしてこの手にとっている文庫本の刊行である。

有島が死んで百年。その肉体はとうに滅びたとしても、有島の作品が世の中で読み継がれる限りは、その作品、思想に命を与え続けられる。読まれるためには、まずは「本」が必要なのである。だが、その本を出すのは並大抵のことではない。しかも忘れ去られつつある有島の書籍など、売れないのである。売れないものは作られない。書店にないから読まれない。負のスパイラルである。有島は生前に自分の著作は売れないと予言し、それは見事に外れて人気作家となった。しかし、百年を経てそれは現実となった。やはり有島には先見性がある。

売れないものにも現代に問いかける価値があると信じ、情熱をかけ、絵本と文庫本とを刊行してくれた。有島は自分の真の生命が生まれたのは札幌であると記した。そんな札幌に有島作品の命をつなぐ出版社があるということはなんと心強いことか。中西出版と有島との「二人三脚」が続くよう、読者の方々にも応援してほしい。

とはいえ、二十一世紀がこのまま行くと「紙の本」の行く末もまたどうなるものか。当世は「デジタル」な時代である。この流れに逆らうことはできないだろう。

没後百年を節目に出版された二つの「紙の本」。どうか、お気に召したら、末長く引き継いでいってほしい。自分の、もしくは近所のお子さんでも誰でもいい。大事にしてほしいとは言わない。乱暴に扱われて破れてもいい、落書きをしてもいい。ジュースをこぼしてベコベコになってもいい。

それら「紙の本」についた「キズ」は、デジタルには真似できない「創（キズ）」という芸当なのだから。ふと数十年後、絵本の破れに触れた途端、脳の奥底に沈んでいたその時の記憶が甦るだろう。ジュースをこぼした跡からは、あの時の悔しさ（絵本を汚した、ジュースをのめなかった）と感情もまた甦るだろう。

本書に収められた有島の物語、たとえば「一房の葡萄」も心穏やかではない、心に「キズ」を負う物語である。しかし、そのキズはどうなったであろう。新たな友情に結びついた。「キズ」は悪いばかりではない。「創（キズ）」からは必ず何かが生まれる、創られる。それが「創造」である。どうか、有島の童話が読者の生活に「創造」の灯をともすことを祈ります。

我々がたどり着いた場所

本郷　弦

蝦夷富士とも呼ばれ、北海道ニセコのシンボルとも言える美しき名峰羊蹄山。その山麓に建つ瀟洒な文学館「有島記念館」の学芸員・伊藤大介さんは、初対面の打ち合わせの席で、唐突にこう切り出された。

「有島農場解放記念碑文を朗読して欲しいんです」

一八〇センチを優に越す高身長に、理知的で温和な表情の伊藤さんの語気には、このリクエストが決して揺るがない事を感じるに足る充分な迫力があった。

二〇二二年、有島農場解放一〇〇年を記念した朗読イベントのお話を有島記念館館長・寺嶋弘道さん（元『本郷新記念札幌彫刻美術館』館長）から頂いた当初、「小品をひとつふたつ読むことになるだろう」と漠然と捉えていた。勿論それに備えて、朗読に適した作品のいくつかをすぐに俎上に上げられるよう、リサーチもしていた。そして初対面時のこの発言。

一九二二年七月十八日、不在地主だった有島は、現在もニセコ町に建つ「弥《いや》照《てる》神社」に集まった小作人達に向け、父の代から受け継いだニセコの広大な農地の解放を宣言した。その碑文には、現代を生きる我々が呼応すべき「自然との共生」が高々と掲げられ、相互扶助を基盤とした人類共存の未来への夢が記されている。不変性と普遍性を併せ持つ素晴らしい内容だ。

しかし、朗読として読み上げればおそらく二分もかからない。物語性のない平板な文章。はて、どうしたものか……。

私が今更言うまでもなく、活字離れが叫ばれて久しく、街の書店が軒並み潰れる令和の時代、有島武郎の名を未見の人も、その作品を未読の人も多いだろう。聞くところによれば、有島所縁の地であるニセコの小学校でも、今は授業で彼の作品を扱うことは殆ど無らしい。

となれば、この朗読イベントに参加したお客様が家路についた時、「何かひとつ、有島の作品を読んでみようか」と思って頂けるようなものを創ったらどうだろうかと着想した。

彼の作品や言葉を紹介しながら、その人物像に照射し、有島の人生と佇まいを再現するような作品、いわば"History of Arishima"を創造してみよう。それもただの朗読ではなく「朗読劇」として、お客様を飽きさせないささやかな演出を凝らし、四十五年の彼の人生を共に追想出来るような作品にしたいと思い至った。

イベント本番まで約五ヶ月。すぐにニセコ・東京間での、リモートによる台本製作が始まった。有島に関する圧倒的な知識と見識を兼ね備えた伊藤さんとの劇作は、試行錯誤の末に確かな手応えを感じるものとなった。

ようやく出来上がった第一稿を携えて札幌へ赴き、駅近くの薄暗い喫茶店で、いつも朗らかな笑みを湛えている寺嶋館長から頂いた感想は、

「つまらないですねえ」。

ところで、私の遠き学生時代。

漱石に鷗外、武者小路や志賀、太宰に三島、村上春樹・村上龍など、著名な作家の文学を読み耽っていた時期があった。正確にいうと、一年に二、三度、突然活字中毒になり、ひと月ほどするとパタッと止むこの現象は、五十代の今でも変わらない。

十代の「青春」を猛烈に意識していた当時の自分は、部活も学校行事も友情も恋愛も、もう片っ端から首を突っ込み、存分に謳歌していた。そんな日々の中にあっても突然、読書欲が頭をもたげ、その時期はとにかく活字を貪っていた。

……当時、そういうのが格好いいと思っていたフシがある。

難しい漢字を読み書きできたらモテそうじゃん！　との、この邪な心は、作家の伊集院静さんが、「檸檬」という文字をさらっと書き、それを見た夭折の名女優・夏目雅子さんが結婚を決めたという逸話の影響かもしれない。

高校二年の秋、そのタイトルに惹かれて手に取ったのが、有島武郎著『愛は惜しみなく奪ふ』。だってなんかカッコいいでしょ、愛とか、惜しみなくとか、奪ふとか。

学校に向かう電車のつり革に掴まりながら、「ふむふむ。なるほどぉ。愛は惜しみなく、奪ふのだなぁ」と悦に入っていたのは、ただのサッカー少年が、こんなタイトルの小難しい文学を読んじゃっていることが、至極カッコよく思えたからに違いない。「モテたい」の一念から生まれた読書欲が、あの頃の私を文学へと誘い、有島と出逢わせてくれたのだ。

閑話休題。

館長からの箴言を受けて帰京し、台本の前で沈思黙考。だが活路は見出せない。これはもうご本人に聞いてみるしかない！　と、有島武郎を詣でる事に。調べると有島は、都内最大の墓所・多磨霊園に眠っていた。そこは私の祖父や父も眠る場所。足を運ぶと、東京ドーム二十七個分の広大な敷地の中ですぐ隣の区画、有島家と本郷家はお隣さんだったのだ。更に、有島も名を連ねた日本近代文学の一流派「白樺派」が刊行していた雑誌「白樺」。そこで紹介されたロダンの彫刻に多大な影響を受けたのが、彫刻家であった私の祖父・本郷新である。奇跡のようなこの縁が、劇作に向かうその後の私のダイナモとなった。

完成した朗読劇「有島武郎がたどり着いた場所」をその年の夏、有島記念館と札幌芸術の森美術館有島旧邸で上演。翌年の夏には再び有島記念館と北海道立文学館で再演し、その秋にはとうとう本州を跨ぎ、かごしま近代文学館での上演が行えた事は、いよいよ五十代を迎えた私の、今後の俳優活動の礎となる創作活動となった。

さて『一房の葡萄』について。

誰が読んでも、主人公の逡巡・葛藤・後悔が生み出す鼓動の高鳴りを、我が事のように感じることのできる作品だろう。

また、港町の華やかさ、誰もいない教室の寂しさ、運動場の砂埃、学校の鐘の音、人肌の温もり、異性への憧憬……そんなノスタルジックな光景がありありと想起されるだろう。旧懐の世界へと大人の読者をもいざなえる珠玉の児童文学。有島の代表作でもある「一房の葡萄」を、私はそう捉えていた。

ところが、朗読劇製作にあたってじっくりと読み返した時、これはただの「追憶の物語」ではないと得心した。絵の具を盗んでしまった主人公を優しく受容する教師。その教師の意を受けて、主人公を清々しく迎い入れる友人ジム。教師とジムの間で交わされた言葉は作品中に綴られていない。有島の実体験が元となったとされるこの物語、実際どんな会話がなされたのかは、作家自身もわからないのだろう。しかし、綴られていないその行間・余白にこそ、現代の我々が着目すべき真理が隠れている。

令和に入り、非道な戦火が次々とあがっている。その煽りを受け、軍拡に舵を切ろうとする国がある。しかし「目には目を」では決して平和は訪れない事を、我々は歴史から学んでいるはずだ。社会・集団の強靭化や世界の安定に必要なのは、軍事力やマッチョな思想ではなく、真摯な対話と多様性の素地となる寛容さではないか。

『農場解放碑文』そして『一房の葡萄』、「自然との共生」や「寛容の重要性」を一〇〇年前に唱えていた有島の先見性は、まさに今こそ注目されるべきだと思うのです。

本郷　弦（ほんごう・げん）
俳優。一九九四年『無名塾』入塾。舞台、映画、テレビ、ラジオ、広告などその活動は多岐にわたる。

本書は有島武郎の童話五篇を現代に即した表記に改めて収録したものです。
掲載にあたっては、出版当時の時代背景を鑑み、今日の人権感覚にそぐわないととられかねない部分に関しても原文のまま掲載しています。

表記については左記の方針に沿って整理しました。
・歴史的仮名遣いを現代仮名遣いに改める。
・「常用漢字表」（二〇一〇年十一月三十日告示）に掲げられた漢字はこれに改める。
・「常用漢字表」以外の漢字はいわゆる「拡張新字体」を用いず、「表外漢字字体表」（二〇〇〇年十二月八日国語審議会答申）等を参考に印刷標準字体を優先的に用いる。
・送り仮名は原則原文通りとし、表記の揺れを許容する。
・明らかな誤字脱字は改めるが必要最小限に留める。

掲載の五篇は左記を底本としました。
『一房の葡萄』（一九二二年六月十七日、叢文閣）
「一房の葡萄」「溺れかけた兄妹」「碁石を呑んだ八っちゃん」「僕の帽子のお話」
『有島武郎全集』第七巻（一九二五年二月十日、叢文閣）
「火事とポチ」

※「火事とポチ」の振り仮名は中西出版にて補い、有島記念館の監修を受けました。

有島武郎　略年譜

1878（明治11）年	３月４日、父・武、母・幸の長男として東京に生まれる。幼少期には横浜のミッションスクールに通う
1896（明治29）年	学習院中等科卒業後、札幌農学校に編入学。在学中、キリスト教入信
1899（明治32）年	父が現在の北海道ニセコエリアに不在地主として農場経営を始める
1908（明治41）年	信仰を深化させるためのアメリカ留学を経て、札幌の東北帝国大学農科大学教官となる。以降、美術同好会や社会主義研究会、勤労青少年の学びの場・遠友夜学校など学内外の活動に関与。この年、父所有の農場を継承
1909（明治42）年	神尾安子と結婚。以降、長男・行光（俳優・森雅之）筆頭に三男の父親となる
1910（明治43）年	実弟の有島生馬、里見弴とともに雑誌『白樺』同人となる。この年、信仰を離れる
1916（大正５）年	妻と父を相次いで亡くす。以降、東京にて作家活動を本格化
1917（大正６）年～1920（大正９）年	小説「カインの末裔」「小さき者へ」「生れ出づる悩み」「或る女」「一房の葡萄」のほか、童話、戯曲、社会評論、美術評論など多くの著作を発表し、人気作家となる
1922（大正11）年	創作力が衰退し、その理由を自らの恵まれた生活にあると考え、邸宅やニセコの農場などの財産放棄を宣言。農場は小作人が「相互扶助」の理念のもと、土地共有と共同経営とをすることを前提に無償解放
1923（大正12）年	６月９日、雑誌記者・波多野秋子と軽井沢にて自死

二〇二四年三月十六日　初版第一刷発行

一房の葡萄

著　者　有島　武郎
監　修　北海道ニセコ・有島記念館
発行者　林下　英二
発行所　中西出版株式会社
〒〇〇七－〇八二三
札幌市東区東雁来三条一丁目一－三四
TEL　〇一一－七八五－〇七三七
FAX　〇一一－七八一－七五一六
印刷所　中西印刷株式会社
製本所　石田製本株式会社

ISBN978-4-89115-430-1　C0193